我只想活出自己喜欢的模样

张沫凡 / 著

中国友谊出版公司

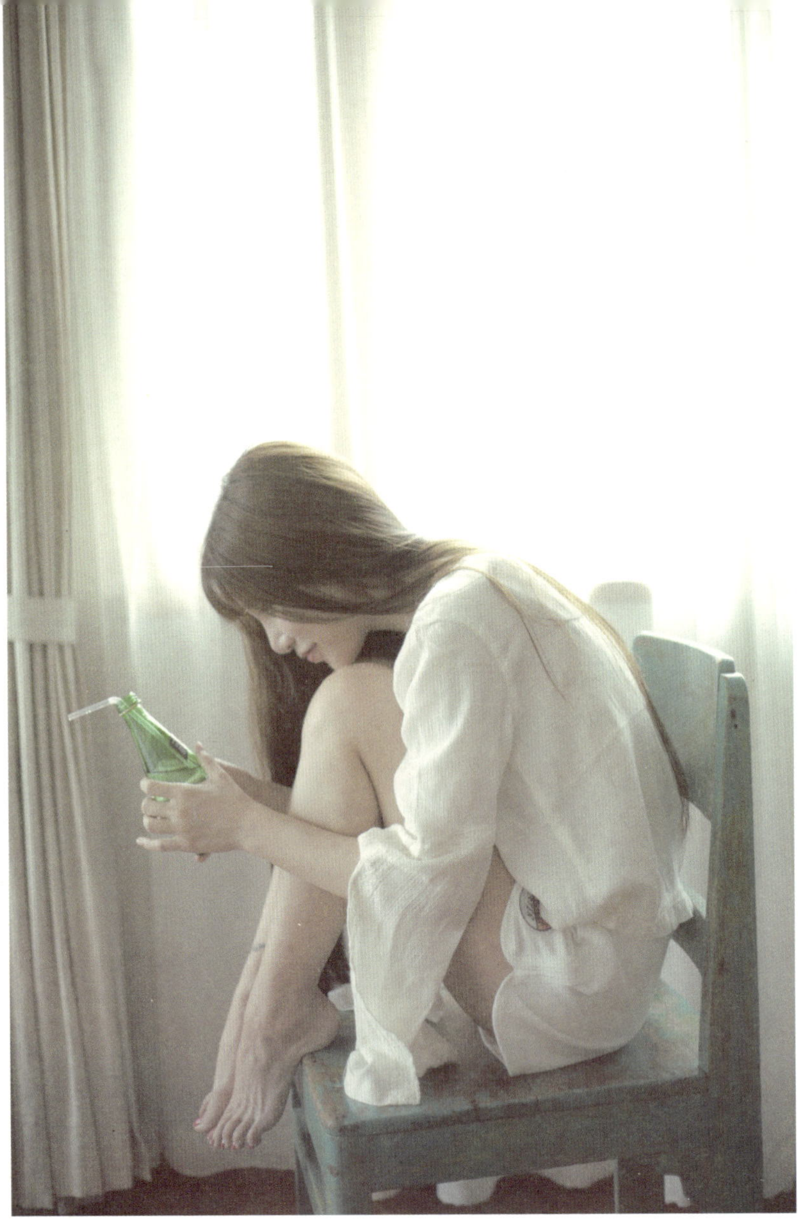

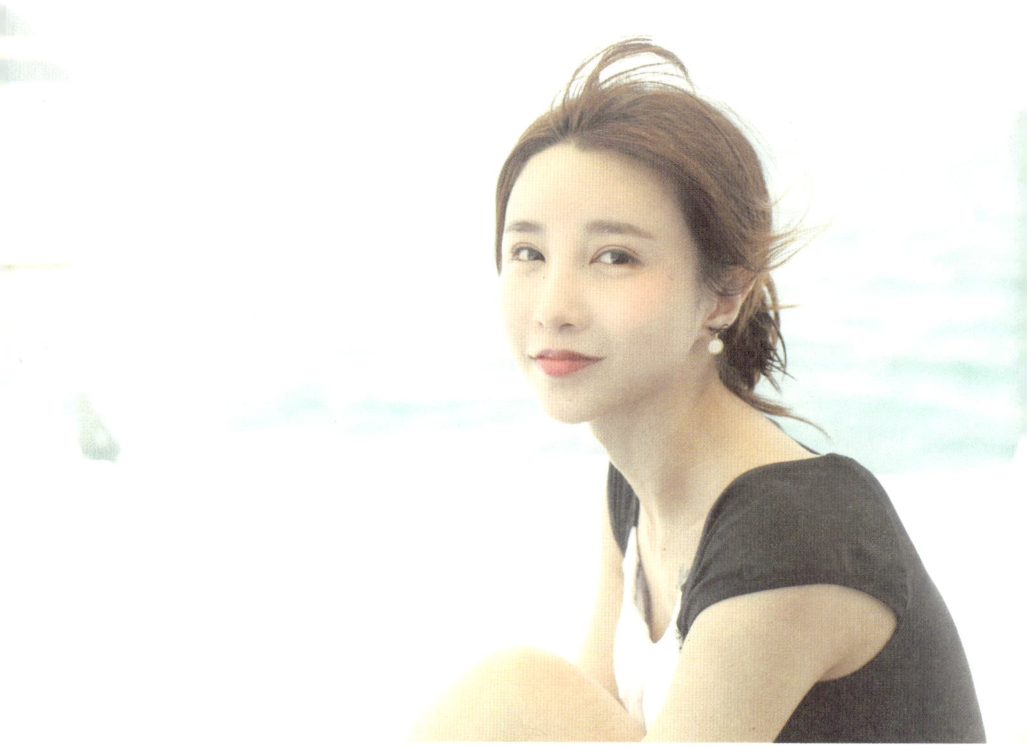

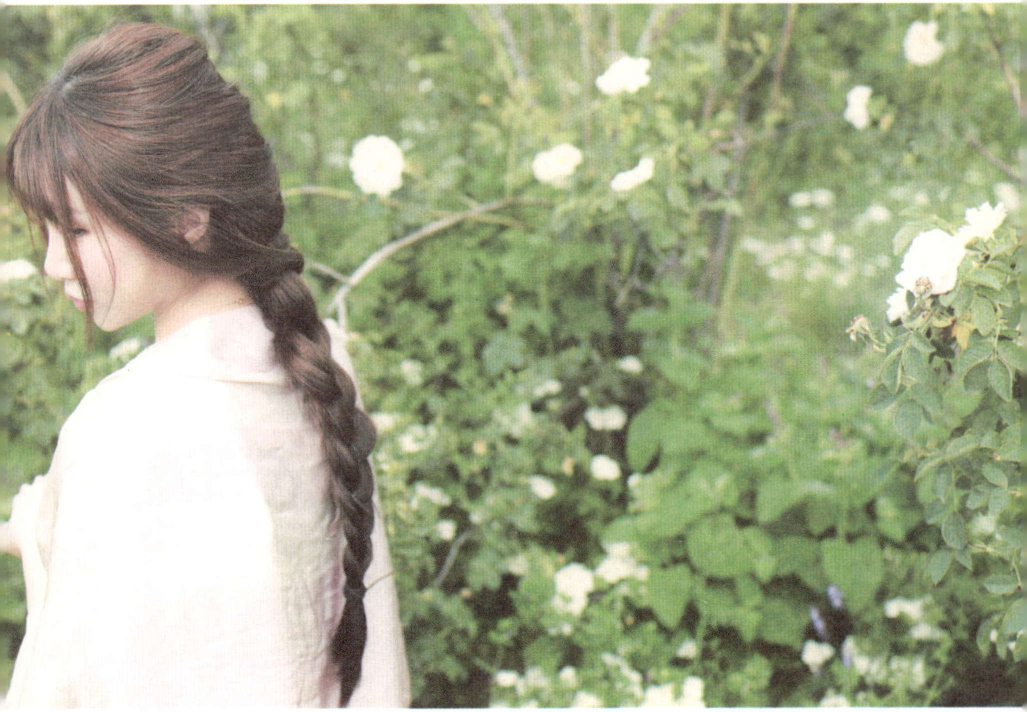

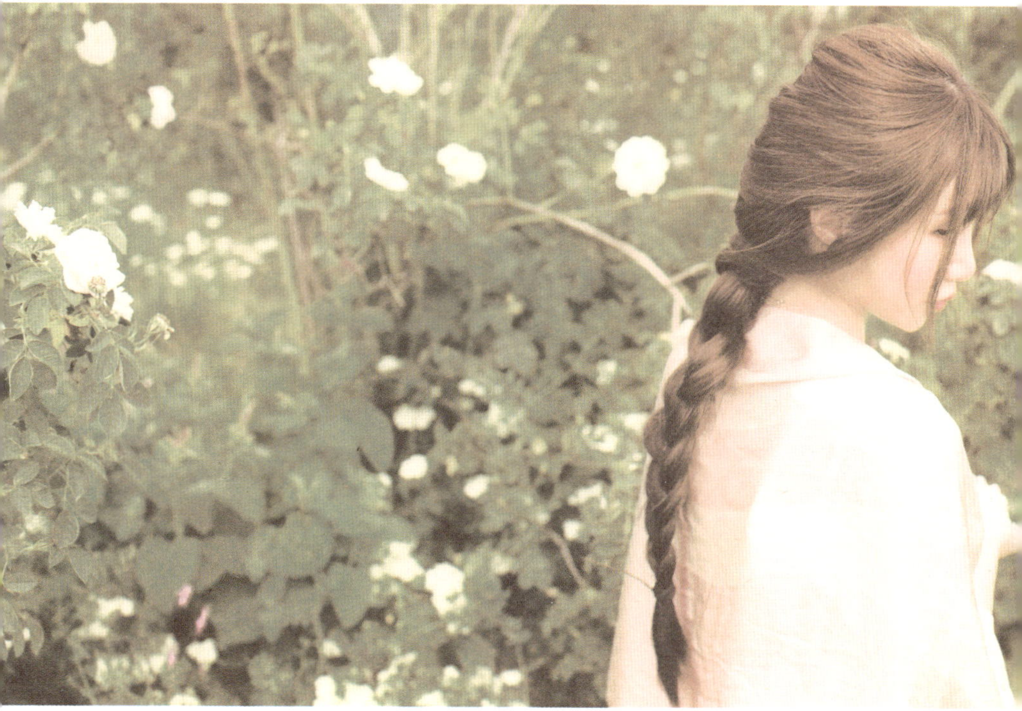

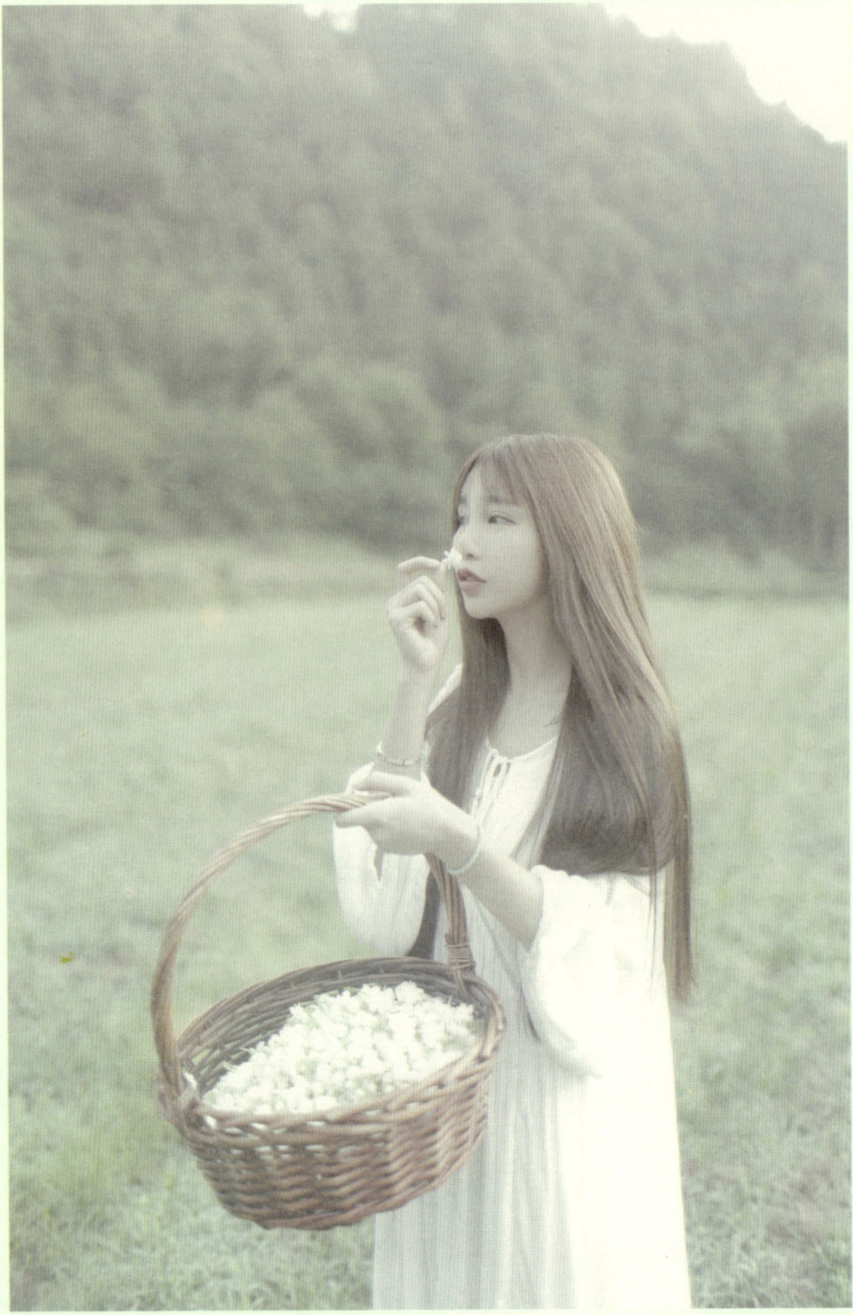

目 录 / CONTENTS

自序 我不想讲道理，我只喜欢聊人生 // 01

Chapter 1 所谓的按部就班，在我看来是浪费青春

做自己还是做别人家的孩子是个伪命题 ……002

哪怕一直被打击，我也收获了人生 ……008

你曾经的不努力，不代表现在也不努力 ……013

日常TALK——自卑就是no作no die ……021

Chapter 2 我要拥有的，是别人拿不走的东西

最大的成就是自己承担自己 ……030

有时候真正的敌人不是别人，而是自己 ……036

我从不和别人比幸运，我只是更有毅力 ……042

日常TALK——坚持做自己，从来不认输 ……048

Chapter 3　想要看起来毫不费力，就要格外努力

有些坚持，单单是因为太喜欢　……058

成熟，就是活成自己想要的模样　……065

别那么愤怒，这个世界不欠你的　……072

日常TALK——一个人有价值很重要　……080

Chapter 4　没有一种捷径是免费午餐

努力的意义只有在你真的努力过后才知道　……090

生活是最好的修行　……097

抱有爱和希望而不是贪婪的期望　……103

日常TALK——一天的用功，解决不了所有的问题　……109

Chapter 5　世界再刻薄，我也不还嘴

任何没有努力过的迷茫都是作秀　……118

给自己一个无坚不摧的内心，这事不分男女　……123

与其羡慕别人的花园，不如种好自己的玫瑰　……131

日常TALK ——感谢那些伤害、离开我的人　……136

Chapter 6　当我谈论成功时，我在谈什么

喜欢钱并不是一件羞耻的事情　……144

美丽是一种态度，分享美丽是一种能力　……149

如果强迫症是种病，我愿意追求到极致 ……157

日常TALK——你得迈出第一步，才知道第二步并不难 ……160

Chapter 7　陪伴是种温柔的能力

友情恒久远，真心永流传 ……168

珍惜每一次在一起，因为不一定再相见 ……174

时间不一定是杀猪刀，还有可能是孟婆汤 ……182

日常TALK——最好的幸福是你永远在我心里 ……186

Chapter 8　爱情就像冰雹，在你毫无准备时砸你一头包

失恋这事儿越早越好 ……192

爱情不需要取悦，而是要平衡 ……198

爱情的死亡，从来都不会是瞬间发生 ……206

日常TALK——嫁入豪门不如门当户对 ……211

Chapter 9　没有改变不了的未来，只有不想改变的现在

鸡汤有毒，干杯要谨慎 ……220

生活是自己的，不要总迁怒于别人 ……226

幸福地活着，不要去恨那些恨我们的人 ……232

日常TALK——精致地生活，而不是追求昂贵 ……238

Chapter 10　梦想是要走心的，不是做给别人看的

没有过不去的坎，只有回不去的路　……244

落地的梦想，才能成为理想　……248

走得越远，心就越大　……256

日常TALK——懂得知足是人生的必修课　……260

后记　……264

特别感谢　……270

自序
我不想讲道理,我只喜欢聊人生

嗨!大家好!我是沫凡!

以前一直在网络上和大家交流,现在选择以出书的形式,和大家分享这些年我的生活、感想,觉得还挺新鲜、挺有趣的。

在网上的这些年,我慢慢让大家了解到了一个真实的我,没有伪装的我,我并没有大家在一些照片上,看上去的那么"女神"或者"文艺",我会有点傻,有点直,有的时候还会有点逗。

我就是一个土生土长的一口京腔的北京南城姑娘,会爆粗口,也会在朋友需要我的时候,仗义地挺身而出,性格大大咧咧,不太会装嫩卖萌,典型的大摩羯座,控制欲望比较强,领导能力比较强,做事"快准狠",一切讲究效率,可以很快下决定,也可以吃苦耐劳,这就是我。

自己这些年也没做过什么轰轰烈烈的大事,没有什么可以拿出来高调炫耀的故事,有的只是一份自己喜欢的,并且一直坚持在做的事业，还有许多支持自己，爱自己的朋友。能够写下来，记录下来的也只是我自己生活中的一些琐事，一开始，我总是很不自信，我不知道自己的这些点点滴滴，是不是真的会有人想要看，我知道每个人都有自己的事情需要忙碌，我不希望自己的书被读者买回去之后，在翻看了几页后，吐槽是在浪费他们的时间。

所以，这本书的定位应该如何，我应该如何确定这本书的主题，成了我那段时间一直在烦恼的事情。而且，我在为这本书做准备的时候，许多朋友也会好奇地问我："你为什么要出书？""你出书是为了讲自己的成功经验吗？"

可能在许多人的眼中，我创办了自己的公司，拥有自己的事业，这就可以达到成功的标准了。可是我自己并不这么认为，成功的标准是因人而异的，在我这里，成功其实很简单，那就是可以真诚地去做自己喜欢做的事情；但同时成功也很难，因为不论时光怎么变，还能坚持做自己并不是一件容易的事情。

日本漫画家手冢治虫在他的一本书中写道："长大后，一个人应该至少拥有两个希望，坚持两件事。因为各种各样的条件限制，一件受了挫折，还会有一件留下来，每个人必定会有长大成人的时候，走上社会的时候，进行人生选择的时候，在那种时候，有能够选择的事情，真的是一种幸福。"

也正是因为有了朋友的这些问题，我想我应该在这本书里讲一些真实的故事，这些故事也许不动听，也许太过普通，但都是我真心想要从心里拿出来和大家一起分享的。在这本书中，我真的没有计划说一些慷慨激扬、狂洒鸡汤的故事，我也不想说一些没用的，随处可见的励志口号，因为那很无聊。我只是纯粹地想分享一些我的人生经历，日常生活，还有一些对待生活的态度。

我分享我的故事，那些好的和不好的故事，我会像老朋友聊天一样，把它们都讲给你们听。在某一个温暖和煦的下午，或者是在一个忙碌奔波的清晨，当你翻开我的故事，觉得有趣或者无聊，都没有关系。世界这么大，在城市某一个角落里的你和我，能够通过文字，彼此联系在一起，我觉得也是一件有缘分，并且幸福的事情。

我最大的希望就是，在你们读完这本书之后，你会发现在这个世界上还有一个我，和你一样也曾经历过伤痛，经历过迷茫，在青春的岁月中寻找自己的方向。虽然我们走的是各自的人生道路，也许我们永远不会有交集，但是，通过这本书，我们能成为彼此给予力量的源泉。

我不想讲道理，我只喜欢聊聊天，聊人生，聊理想，聊爱情，聊亲情，什么都可以聊。人生不需要太严肃，放松一些，我们可以前行得更远。

嗨！我是沫凡！我正在说，你在听吗？

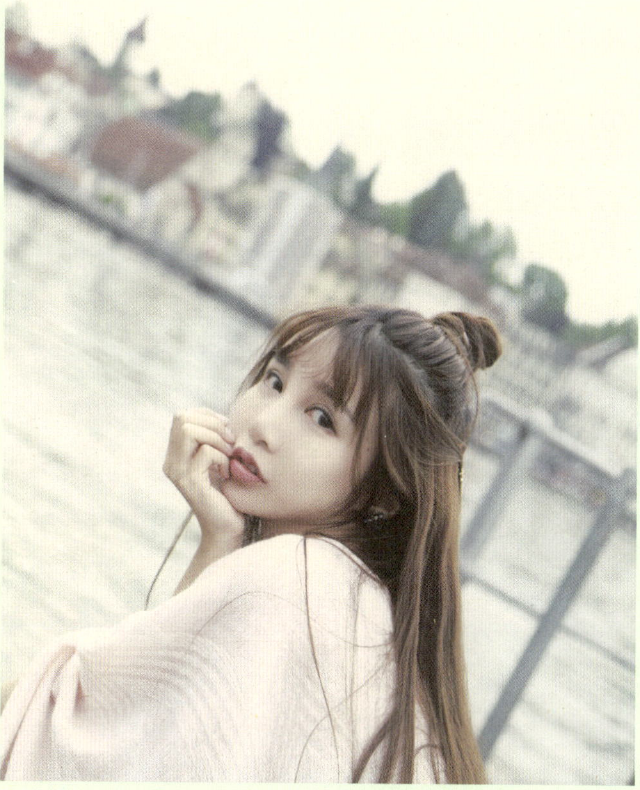

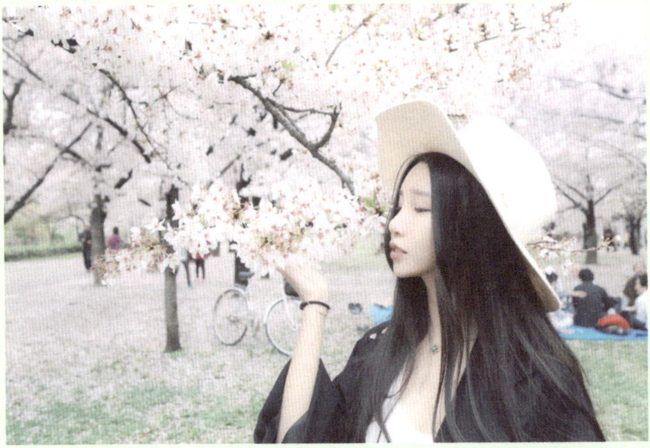

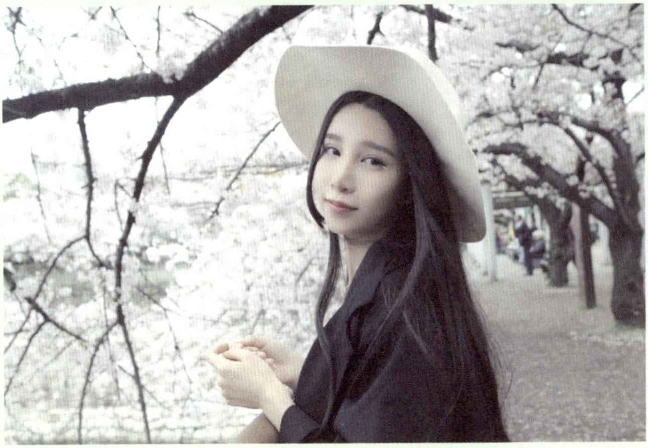

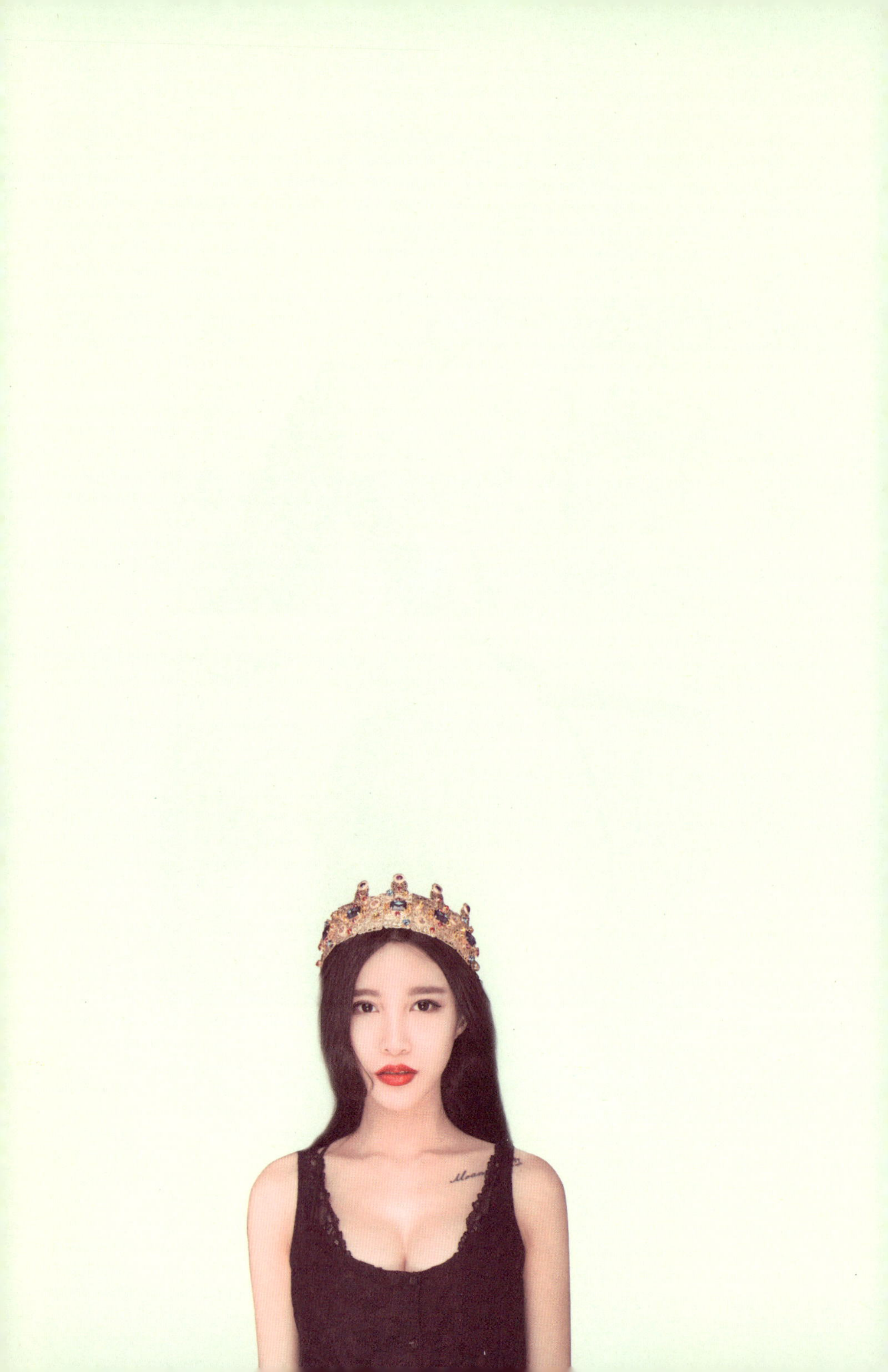

Chapter 1
所谓的按部就班,在我看来是浪费青春

循规蹈矩没有错,只是我不愿意这样安排自己的生活,过着和别人一模一样的日子,被催婚,被催生,好像全天下的妇女都得按照这一个模式活。我希望能够在我年轻的时候过得更加精彩一些,每走出去的一步,在回头看的时候,都不会后悔。

做自己还是做别人家的孩子是个伪命题

一般来说,在一本书的最开始,总要说点什么感人肺腑的回忆故事,或者是介绍一下身边别人的、朋友的曲折经历,经由这些,再扯到自己身上,总结过往,沉思当下,展望未来。然而,我并不打算这么写。

之前在微博上,有段时间,我没有更新日常视频,收到了不少"投诉",说看不到我更新日常,说不会再爱我了。我苦恼了一阵子,之所以没再录日常,是因为看到了之前网友的评论中,许多人说没营养,没内容,没有用,既然这样,我就不想再发了,想多发一些有用的,但是网友又纷纷留言,要求恢复日常视频的更新。

人生真的处处是纠结啊!

不管怎么说,在视频中能和大家"嘚啵嘚啵"是件挺开心的事情,既然不能做到让所有人都开心,那起码保证自己开心吧,于是我开心地恢复了日常视频的录制。

我们时常面临的一个选择题就是，迎合别人还是遵从自己？这个选择题，我从小就开始面对，而且一直做得不怎样，常常被批选择错误。

小的时候，我就不是一个中规中矩的好孩子，别人家孩子都能做好的事情，我都不爱干，不爱穿校服，不爱剪短发，不爱打扮得跟土妞一样背着挎到屁股上的大书包去上学。那时候我就特别不理解，接受知识和爱美这两件事情为什么不能兼容？

年纪小的时候，心里虽然对这个世界充满了疑问和看法，但是却不会表达，只是固执地以反抗的姿态应对。那个时候，我是所有人眼中的"小浑蛋"，我爸爸和妈妈平时工作特别忙，我主要被姥姥和姥爷照顾，我姥姥和姥爷都是老师，教书育人一辈子，不知道培养了多少栋梁之才，唯独对我是一点辙都没有。

其实我小学一到三年级一直还算挺好的，学习成绩好，是学校里的佼佼者，我爸妈跟街坊四邻提起来也算脸上有光。后来我上四年级的时候，他们觉得我成绩好，干脆转到一所重点学校，没准会更有利于我的成绩进步。于是，我就转学到了海淀的一所学校，北京的海淀区就是高等教育区，这里的知识点比北京的其他城区要难一些，学的东西也要深一些。之前一直是第一名的我，到了新学校就只算是一个中等的普通学生，学习上吃力了，也不像以前那样受重视了，对我来说算是一个不小的打击，因为失去了自信心，也就没有了学习的动力。

到六年级的时候，因为身体比较弱，总是生病，我爸妈又把我送回到南城的一所普通小学，离家近一些，方便家里人照顾我。由于之前受过"高等教育"，所以回到南城的这所小学后，我觉得学习对于我来说重新变得简单了起来，老师讲的内容很容易就能听懂了，成绩也开始排在了前面。

但是，在五年级的时候，我开始迷上网游，虽然学习成绩不差，但我爱玩儿游戏这一点还是让我爸妈相当头疼。在他们眼里，小孩儿就得有个小孩儿的样子，每天就应该坐在书桌前好好学习，像我这样不是玩电脑，就是溜出去瞎玩，在他们看来，以后肯定得是城里的盲流子那种。

那个时候，我生活的日常就是被爸妈批评、被学校老师批评、被姥姥姥爷批评。他们一个个的都拼了命地想要"挽救"我，对待我的态度就跟我是一个即将步入歧途的"失足儿童"似的，他们一有空就给我讲故事，摆道理，以"别人家的孩子"为范本，教育我一定要积极向上，健康阳光。那会儿的我反正也不服气，就觉得他们说得不对，伶牙俐齿、底气十足地跟他们顶嘴，现在我一个人在视频上不停嘴地说十几分钟的功夫，大概就是那个时候打下的"童子功"底子。

小学升初中的时候，我爸为了让我有个好的学习环境，交了赞助费，把我塞进了重点学校。上了重点中学，其实对我来说是一个人生的转折点，我觉得这是一个失败的选择。因为重点学校的教学知识点太难，让我的成绩一落千丈，越学越没有动力，最终我干脆放弃了学习。

眼看我是要一路跑偏都不带回头的,我爸妈气愤之余也会忍不住动动手。其实我爸和我妈之间矛盾挺不少的,他们俩常常会为各种小事争执不下,但是在对付我的这件事情上,两个人的立场坚决地一致,动手揍我的时候,一个主攻,一个助攻,合作得天衣无缝,特别默契。我和他俩的关系就像敌我双方,他们就像"战友"一样,而我只能孤军作战。

初中的时候,我的人生在他们眼中算是彻底跌入了谷底。那时候,因为我爱打扮,经常因为我的发型、首饰等诸多和学习无关的问题被老师念叨、教育,最终在初三的时候,我因为不愿意跟老师妥协,那时候我扎着一个马尾辫,老师一定要我把自己的头发剪掉,我不肯,就赌气休学了。我窝在家里打游戏,看电视,死活不肯再迈进学校一步。我爸妈为了我能乖乖去上课,费了好大劲,但我就是不去,为了和他们对抗,我也是想尽办法,我还离家出走以表示自己坚定的决心。

那时候,我爸妈真是拿我一点办法都没有,骂也骂了,打也打了,哄也哄了,可是我就是一根筋轴到底,坚决不去学校。最后他们无计可施了,也就只得随我了,我妈叹着气看着浑身都是负能量的我,在一旁给我讲了一堆大道理,大概就是自己做的决定要自己承担、没人能为你的将来负责等。

然后我就正正经经地休学了一年,在家待着看书,或者出去见见朋友、同学。现在回想一下,那一年过得算不上多无聊,也没有多来劲，选择脱离了学校的集体生活，每天不用再去做自己不喜欢的事情，生活也并没有因此而变得更加精彩。但我从来也没有后悔过那个时候的决定，不管那时候是赌气赌到自己骑虎难下，还是真的特别认真地坚持做自己，非得活成不一样的张沫凡。我觉得生活就是这样，一个选择接着一个选择，不用回头去后悔，也没必要后悔，因为无法改变。

读高中的时候，我爸把我送进了一所管教相对松弛的寄宿学校，我觉得他当时已经是对我抱着"破罐子破摔"的态度了，只要我能顺顺利利地把该上的学上完，他就算是在教育我的这项任务上可以打对钩了。但是，我并没有让他如愿，在新学校待了一个多星期，我就因为抽烟被老师发现，面临会被开除的结果。

学校告状告到我爸那儿去了，我不知道学校的老师是怎么和我爸说我的，但我想肯定没一句好话，因为最后，我真的一点商量也没有地被学校开除，要卷铺盖回家了。

在学校大门外，我和我爸坐在他的车里，我没吭声，知道自己这一次又闯祸了，没准回家还得吃一顿胖揍，还是少说话为妙。在我见机行事看我爸眼色的时候，我爸倒是安慰起我来，他说自己不是个称职的爸爸，没能替我把这事摆平，让我没学上了，说着说着，我爸就自责起来。

我在一旁手足无措地看着我爸，现在都过去那么多年了，可是每次想起那个时候，想到我爸为了我到处操心，还担心我有情绪，反过来安慰我，就觉得我爸爸力MAX。

现在和我爸聊起这事，我俩会一起感慨，谁能想到那时候混成那样的我，居然还能混成今天这个样子。

其实我想说的是，没有人能预见和评判你的未来，包括你自己。青春期的时候，我们总是把自己当成宇宙独一份，看什么事都带着批判性、辩证性的目光，和所有人作对，单纯地反抗着整个世界，原因连自己都说不清楚，反正在潜意识中就是要和主流势不两立，我一而再，再而三地选择了自己内心的那个决定，虽然那个决定让我吃了些苦头，但是我最终实现了自己想要的生活。

哪怕一直被打击，我也收获了人生

我是摩羯座，脾气臭，死固执，认准的事儿就算明知道是错的也不回头，哪怕事后一个人躲起来抹眼泪，当时也一定要昂首挺胸，坚决不低头。我这个脾气在我青春期的时候发挥到了极致，走哪儿叛逆到哪儿，让我爸妈为了我操心得焦头烂额，而我自己还一直认为自己是在为个性代言。

高一离开学校后，我爸本来张罗着想要另外再给我找一所新学校，毕竟十几岁的小孩子，不读书能干什么呀？于是，就带着我满北京地找学校，最后终于找到一所我能接受，他也算满意的学校，于是，我又开始了高中生活。

但是，在那所学校一个月的时间，我又成知名人物了，当然不是因为什么好事，而是因为我成天逃课，老师都不认识我是谁。那段日子里，身体里就像是叛逆的小火球燃烧到了极致，我那个时候就是可劲地折腾，特别能作，后来我爸看这么下去也不是办法，就又把我从学校接回家了，他跟我说既然不想上学了，那就在家里待着，好好想想以后想干什么再说。其实我当时也没有什么特别的想法，就死活不想在国内待了，觉着特没劲，一想到学校里拘束、被老师管来管去的生活，就有用头撞墙的冲动。

思来想去，我跟我爸妈商量，能不能送我出国念书去。那时候，凭着了解到的一点点关于国外的信息，觉得在国外读书会非常自由，国外的老师不会像国内的老师这样面面俱到地管着学生，正符合我的口味。

刚提出这个要求的时候，就被我爸妈一致给否定了，尤其是我妈，反对得尤为激烈，她觉得我在国内上学都没上出个好来，还异想天开要跑到国外去读书，还不知道会捅出多大的娄子来呢。还不如把我留在她身边，让她能随时够得着，看得住，也好把我管在她的五指山下，不管我怎么闹腾，也出不了什么大圈。

现在想起当时，我挺理解我妈的，毕竟那时候我才17岁，从来没离开过家，袜子都没自己洗过几回，猛不丁地要跑到地球那一半去，我妈肯定是一百个放心不下。但当时的我就觉得自己一定得出去闯一闯，看一看外面的世界有多精彩。

为了让家里人同意和支持我出国上学，我想尽办法，我记得当时我给我爸写了一封长信，洋洋洒洒的大概有十几页，信里边把自己从小到大犯下的错误一一罗列，承诺去了国外会认真学习，不会再像以前那样捣蛋，不懂事了，还把自己对未来的规划一条一条地写了下来，总之就是给我爸写了一封言辞恳切，打动人心的保证书，保证自己将来一定不会浪费这个机会，会努力奋斗的。

大概是被我的信感动到了，我爸最后同意我去留学，我妈虽然还是持反对意见，但她看到我这么坚决，她也是了解我的性格的，最后也就默认了我的这个决定。在做出决定的时候，我爸妈就和我讲，既然我做出了这个选择，那就要自己为自己的这个决定负责，他们可以帮我负责我的学费，但我的人生需要我自己把握。

那时候，我一心想的是终于可以实现心愿，去国外读书、生活了，并没有把爸妈的忠告太放在心上，一直到了很多年之后，我才渐渐明白了爸妈当初做出这个决定有多么不容易。年少轻狂的时候，我们总是很轻易地为自己的将来做出草率的决定，认为年轻，大不了输掉之后，从头再来，却不明白浪费掉的时间与精力是永远无法弥补的。爸妈作为历经世事的成年人，自然明白我这个坚定决心的背后，很大一部分原因是玩心在作怪而已，但他们依然选择支持我，就是希望他们唯一的女儿能够在成长的道路上快快成熟起来，学会如何为自己的人生负责任。

做出留学的决定之后，我爸说那你就去做这件事吧。然后，我就开始着手处理联系学校，办出国的各种琐碎的事情，每天跑许多地方去咨询，还要在网上查许多的资料。在办理留学的中介那里，看到其他孩子都是父母为他们操持这些事情，而我当时一个毛头丫头，抱着一沓资料，挤在一堆成年人中间，为自己即将迈向未来的第一步，谨慎抉择着。

现在在处理许多事情的时候，我依然会再三考虑，三思而后行，不会一拍脑袋就去决定一件事情，我想应该和小时候自己独自处理问题有关系，因为从小父母就总是要求我自己为自己的决定负责任，所以，我在下每一个决心的时候，都要考虑周到，看一看这个决定到底做得对不对。

最终，我选择了澳大利亚的一所学校，到了新环境，一切都是陌生的，我千辛万苦为自己争取来的这个机会，在我刚去到澳大利亚的时候，觉得什么都特别新奇，可是随着时间的推移，我渐渐又感到迷茫起来，在学校上课的时候，常常会感到吃力，毕竟自己的基础并不算太好的。与新环境也不算十分融洽，虽然交到了一些新朋友，但远没有在国内时，和朋友在一起玩耍的感觉放松。

一心想要来外面开拓眼界，其实我除了每天教室、住所两点一线的生活之外，并没有把自己的生活规划得更精彩，没有像其他留学生那样参加当地安排的各种活动，没有多出去走一走，看一看澳大利亚的美丽风景。我当时就好像是一只怕生的小乌龟，整天把自己龟缩在身上的壳里，无所适从地看着日子一天天流逝。

大概还是和性格有关，我骨子里还是一个内向，不太外露的人，总是被动地与周围的环境和人接触，在澳大利亚的那两年时间，对我来说也算是人生中重要的一课，让我学会了每个人都需要为自己的选择付出代价，无法逃避。因为向往留学生活而千辛万苦地来到异国他乡，可是却最终也无法真正地把自己融入到新的环境中去，到头来发现自己当初选择的这条路其实并不是真正适合走的那条路。

但是，留学这件事情对我来说，也谈不上后悔。我觉得所经历的每一件事情、每一个人都是会有收获的，如果不是留学澳大利亚，我也不会接触到精油，不会在正好的时机做了正好的事情，也就不会有现在的我了。

未来总是无法预见的，过去也是不能被改变的。在国外晃晃悠悠的这两年多时间里，我变得更加独立了，对自己有了更清晰的认识，也在待人接物和为人处世方面比之前更加成熟了。我觉得所谓的成长都是一点一滴的，在不知不觉中，自己就变成了自己之前想都没有想过的样子。

这期间，我经历了各种打击，一直不被看好，也不被别人认可，读书的时候，因为调皮捣蛋，因为学习不上心，我身边几乎所有的人都觉得我长大了没什么出息。但是现在的我，让他们想不到也预料不到。我想说的是人生是在不断向前走的，一段时期的迷茫和低潮不能代表什么，只要你认真经历，每一段历程都将为你汲取能量提供营养。

你曾经的不努力，不代表现在也不努力

那句话怎么说来着："少壮不努力，老大徒伤悲。"小时候的我完全可以当这句话的反面教材典型，那时候的确不够用功，各方面都不够下功夫，不论是课堂上的学习，还是课外的兴趣班，总是三天打鱼，两天晒网。一时兴起，就会一头扎进去发奋几天，可是没过几天的工夫，兴趣就又转移到别的方面去了。

在澳大利亚的两年多时间里，我并没有像我出国前和爸爸保证的那样，做出什么优秀的改变，还是之前在国内的那个样子，意识到了这个选择对自己的未来来说，并不是一个最优的发展，在和家里人商量之后，我回到了北京，准备重新开始考虑自己接下来该怎么走，怎么发展。

思量再三后，我选择了去北京服装学院的一所私立学院读书，选择这里一方面是因为我上初中的时候，梦想着长大了要做一名服装设计师，另一个方面就是这所学校的学业压力相对较

[014 ...

015

轻，对学生的管理也相对宽松，正适合我这样不喜欢被约束的性格。刚进入学校学习的时候，我还是挺努力的，每天按时去上课，也不会像以前那样想着法儿地逃课出去玩儿，毕竟选择的这个专业是自己喜欢的。我这个人就是这样子，只要是自己喜欢的事情，就一定会投入地去做。

在北京服装学院学习的时候，我一边上课，一边做着自己的小生意，时间常常会感到很紧张，不够用。这个处境是我一开始没有预料到的，本来最开始在澳大利亚做精油代购，也只是单纯地想把自己用后感觉好的产品分享给同学和朋友，那时候，我会把自己用过的，觉得不错的精油等一些产品放在人人网上，以产品的使用过程、心得日记，还有照片这种形式发布。因为自己用了精油之后，真的觉得变瘦了，变美了，我在人人网上发文，发照片，也带着一点小自恋的因素，让大家都见证我改变的过程。

没想到我的分享吸引了许多女孩子的关注，她们就开始咨询我有关精油的事情，并且要求我帮她们代购产品。于是，我在澳大利亚再次重操旧业，开始把买来的精油加上一些车马费、邮费等，卖给国内的朋友。就跟我在初中卖迷糊娃娃是一个路子。

找我来买精油的人越来越多，关注我人人网信息的人也越来越多，许多陌生人发展成了我的顾客，我建立在人人网上以精油为主要产品的代购生意就此拉开了红火的序幕，热热闹闹地展开了工作，一直到回国之后，购买的人数依然是有增无减。

我在北京服装学院上学期间，代购的数量不断增大，我那时候算了一下，日均购买量大概在80~100件。而在这个时候，有一些顾客开始向我提出，希望我能够在淘宝开个网店，这样她们会购买得更加放心。那个时候淘宝已经渐渐火了起来，本来由于上中学两次开淘宝店的失败经历，我已经对网店失去了信心，但是在顾客的再三要求下，我还是又把淘宝店开了起来。

既然选择了把网店开起来了，我就开始琢磨怎么能让店里的生意越来越好，因为那会儿只有我一个人在忙店里的事，相当于是一个"光杆司令"，每天打包，发货，自己做客服，自己写文案，做运营，常常忙得觉都顾不上睡。

之后我特别幸运地遇到了一个很好的帮手，我叫他小宁，是一个特别好的小男孩，我们是在我搜淘宝推广的时候认识的，熟络了之后，小宁就帮我负责一些淘宝店的工作，小宁人很好，也特别聪明，把我的网店弄得有声有色的，让我可以腾出更多的时间去研究与产品相关的事情。虽然小宁和我一起工作两年多之后，我们就因为各自的工作和生活原因，各自忙各自的事情，没有再合作过了，但是每当我想起那两年的日子，还是从心底里特别地感激小宁，在我最忙乱，最没有头绪的时候，小宁的无意闯入，绝对是给我当时的生活照入了一抹阳光。

我觉得人生就是这样的，聚散离别，分分合合，没有谁能陪在谁身边一辈子，但那些真心与我共度了一段岁月的人，我会永远放在心底，偶尔想起，就算不联系，也会觉得心口暖暖的。

在小宁的帮助下，我的生意越做越得心应手，当时简单的代购已经不能让我觉得满足了，我开始学习和精油有关的专业知识，和一些资深的芳疗师建立了商业的合作关系，他们帮我调配产品，我在国内完成分装。淘宝店的工作大量地牵扯了我的精力和时间，我那个时候已经很少再去学校上课了，因为时间根本就腾不出来。

这时候，我爸给我打电话，下了个最后通牒，大概意思就是我要还不去学校好好上课，就让我好看。

那时候，我独自住在方庄地铁站附近的一个小房子里，房子特别小，属于那种进屋就是床的小蜗居。那是我刚回国的时候，求我妈帮我租下来的一个房子。因为上学的事情，我爸在我回国之后已经对我失望透顶了，我在家里见到他，他总不给我好脸色看，家里的气氛特别压抑，我觉得自己再住下去就要窒息了，所以想干脆搬出来住好了，哪怕房子小一点，生活苦一点，好歹自由些。

自由了没几天，就又被我爸耳提面命地教训了，他觉得我干的这个事特别没前途，一个学生成天不好好上学，却做一些让他和我妈没办法理解的事情。我爸让我不管怎么样也要把大学念完再说，就算要做生意，创业，一切都得等到大学毕业再说。

我肯定是不同意，那时候我淘宝上的生意特别好，每天都有大量的订单，我就跟我爸说："我现在淘宝店一个月的营业额是10万块钱，你要是每个月能给我10万块钱的零花钱，我就把这店关了上学去。"

跟我爸犟嘴的时候，我心里不再像以前那么没底了，以前我再怎么混，怎么闹，我总是觉得自己得伸手跟父母要钱，自己心底里最真实的想法不敢和他们全盘托出。但是那一刻，我觉得我完全可以担当起我做的这个决定了，我经济独立了，我当时虽然只有十八九岁，但我已经完全可以像一个成年人一样为我做的决定负责任了。

看到我这么坚决，我爸也不再说什么了，他尊重了我的决定，之后，我就和学校申请保留学籍，暂停学业，专心地经营我的网店去了。也就是从那个时候开始，我算是正式地踏上了创业之路吧。

看到我这么义无反顾的，我爸当时跟我说得最多的是，如果我执意要创业，将来还要开公司什么的，走上这条路就要学会享受孤独，而且我今后的压力会很大，不要看我现在能够挣到比别的同龄人多的财富，但我同时也要担负起比他们更重的压力，我必须承担起整个公司的责任，会很累。

虽然我爸说了很多，但我还是没有放弃，我不怕他说的这些，原因很简单，因为这是我喜欢做的工作。我曾经是让父母失望的孩子，是让家里人操碎了心的熊孩子，但我那些不努力的过去并不能代表我的将来，我曾经不愿意努力，不代表我现在、今后也不会努力。

我放弃大学的学业，转而专心经营淘宝店，是因为我很清楚在这个世界上，没有鱼和熊掌兼得的好事，有的时候，你必须舍弃一样，才能得到更多。我喜欢服装学院的课程，那是我儿时的梦想，但我更喜欢我现在所从事的事业，那是我能够实现自己人生价值的平台，所以我选择了事业，暂时放弃了学业。

一定要自信和努力，不要轻易地放弃，尤其是在做自己喜欢的事情，值得坚持下去的事情时，一定要更加地努力，因为你不努力，别人就会比你更努力，所以你只能不断地努力，充实自己，超越自己。

用心坚持，最怕的事情就是遇到困难就放弃，就自暴自弃。就拿我来说，以前我上学读书的时候，遇到难点的题目就放弃，就不去琢磨，结果学习成绩越来越差。那我现在学习芳疗，我对精油有机化学非常感兴趣，但是中文版的书籍很少，我就需要去买英文版的，英文版的讲化学的书籍，看起来真的是难以想象的困难，但是因为我喜欢，所以我就坚持学习，哪怕慢一点，也不会放弃。

既然选择了自己认准的道路，那就一直走下去，做到最好。

日常TALK ——自卑就是no作no die

我经常会收到一些私信,许多女孩在私信里问我:"沫凡,我特别自卑怎么办哪?"我身边也有一些女性朋友,她们也会经常发出这样的感慨,觉得自己不如别人,觉得自己的自卑心一直在作祟。

可能在每个女孩的心底,都会有一个小小的角落,里面堆积着对自己的不满情绪。我以前也会这样,在澳大利亚读书的时候,我的自卑心尤为严重,可以说是达到了顶峰。那个时候,我结交了几个女孩子,她们都是那种家境很优越,自身条件特别棒的姑娘,每天会换各种名牌包,穿奢侈品牌的衣服。而我当时每个月就只有爸妈给我的那些生活费,除了日常开支,基本没有什么剩余,我没办法把自己捯饬得光鲜亮丽,我每次和她们出去玩,就感觉自己像一只丑小鸭,走在白天鹅中间。

十七八岁的女孩子,正是对外形特别在意的年纪,那时候我对自己的各方面都很不满意，觉得自己的嘴巴太大，觉得自己不够苗条，觉得自己个头太矮，也没有什么出众的才能，出去玩儿的时候，不会跳舞，唱歌也不好听，觉得自己方方面面都比不过别人，心里会觉得有些难过。

后来，我觉得这些事情不能成为我自卑的理由，我没必要一直为这些事情纠结，把对自己的不满一直憋在心里，这样下去对自己并没有什么益处。就如同上厕所一样，如果你便秘时间太久而不医治的话，绝对就会得痔疮，到时候，就会生成严重的肿物，让你坐立难安。

我有一个好朋友，她在我眼中长得很标致，我想要是举办个什么四大美人投票之类的活动，我一定投她一票，但是她居然有一天和我说，她每天都不敢照镜子，只是洗完脸的时候照一下。

听她这么说完，我也真的是很无语。她都美成那样了还羞于照镜子，那我这样的长相，岂不是要每天遮着面纱出门了。

长相都是爹妈给的，这是没办法的事情，大概每个女孩子都会在看到比自己漂亮的人时，生出羡慕的情绪，我也是这样，我经常看完时尚杂志之后，就想冲到整形医院去给自己的脸塑塑形，回回炉。但羡慕归羡慕，我们没必要把这种情绪始终放在心里，面由心生，如果你每天都觉得自己是特别low，特别丑，特别衰的话，那你就真的要衰下去了。

网上有人说我是最丑的一个网红，如果是以前，我可能会放在心里，但是现在已经完全影响不了我了。我觉得每个女生生来都是不一样的，每个女生都有自己无法被别人取代的美的一面，更不需要被别人来指指点点。

我们一定要远离那些抹灭你的自信，让你变得自卑的人，那些人如果每天在你耳边说的都是你的不好，那你就没必要和他们在一起。我虽然会接受别人说我的所有的不好，但我更愿意和包容我，接纳我一切优点缺点的人在一起。

这个世界上没有完美的人，我们没有必要为了自己身上一些小缺点而自怨自艾，在我看来弥补远比抱怨更实在。如果你觉得自己长相不过关，想要去整容，可能你问一百个人，有八十个人会劝你自然美更真实，但我要说，如果你觉得整容真的能够让你从骨子里焕发自信，那么就去做。

想要戒掉自卑，就要从自己的心态做起，拿我来打比方，我个子不高，但我身边玩得好的姑娘都长着一双没天理的大长腿，每次和她们出去玩儿，我走在中间，就是个凹凸的"凹"字。但我也不会选择躲着她们自己在家玩，虽然我个子小，但是我的身材比例好啊。

每个人都有别人比不了的长处，想要不自卑，就不能总是拿自己的短板去和别人的长处比较，聪明的话，我们要学会接纳自己，包括缺点、不足的地方，学会扬长避短，我平时选择衣服都会选一些规避自己身材缺点的衣服，让别人眼前一亮，他们会觉得我腰细腿长，还胸大。

每个人都有极大的潜力，我们都会慢慢发现隐藏在自己身上的优点，是别人所没有的长处，挖掘自己的优点和长处，变得更加完美，更加了解自己。有些时候，一些女孩会在微博上私信我，问我如何能变得更美，让她们拥有更多的自信，我很想对这些女孩子说："你们都有很大的潜力，都可以慢慢地变得更美，慢慢地发现自己最适合哪种发型，最适合哪种妆容，最适合哪种拍照的角度，像我这样一点一点地琢磨打扮自己到现在已经有好几年的时间了，我们想要变得更好，就要付出实实在在的行动，不要只是停留在口头层面，那是一点用都没有的。"

　　自卑不过就是我们内心中的一只小恶魔，并没有什么可怕的，是可以勇敢面对，甚至战胜的。学会鼓足勇气去面对自己内心的自卑，还有自己在生活中无法解决的难题时，这本身就是一种特别大的成长，你们每次在视频中看到的我都是嘻嘻哈哈，话很多的人，其实我人生中一直有两个恐惧是无法解决掉的，一个是社交恐惧症，一个是演讲恐惧症。

　　这两个恐惧就好像是我人生中的两大难题，演讲的时候，我只要一上台，看到台下听众的眼睛，内心就会特别地慌乱，但还是要强装镇定地开口；社交也是我的短板，我特别怕尴尬，尤其是和完全不熟悉的人在一起聊天，我特别怕冷场，可是自己又总是找不到合适的话题来补救。

　　但是，我不会因为害怕社交和演讲，就放弃它们，我觉得自己越不敢做的事情，就越要去做，去面对，这样才能克服心中的恐惧，让自卑这头小怪兽无法伤害到自己。我会抓紧一切空闲的时间去打磨我的演讲稿，把逻辑理顺，词句调整好，我不是一个在演讲方面有天赋的人，那么我就要通过后天的不断努力，让自己尽力去做好这件事情。

我相信，自卑一定是每个人都曾有过的情绪，如果只是一味地对这种情绪采取视而不见的消极态度，那自卑的心态就会一直主宰你，只要努力使自己变得更好、更强大，自然就能减轻自卑的心理。

有句话说得好，要想看起来毫不费力，你就得格外努力。如果你不去努力想办法克服自卑，那你就可能会失去所有的好运气和好机遇，如果你无论什么事情都因为自己的自卑而无法去面对的话，那上帝就会为你关上它曾为你开启的所有的门和窗。

我虽然没有读完大学，没有值得父母骄傲的考试成绩单，我之前也会因为这些感到有些自卑，但这几年我一直努力学习芳疗，学习英语，学习管理，学习如何运营一个公司，我学习到了许多在大学里根本无法学到的东西，从学习这个角度来说，我现在交出的成绩单一点也不逊色，我丝毫不为自己的过去而感到自卑。

所以说自卑就是一种你强它弱，你弱它强的怪心理，打败自己的自卑心理就是要不断地强大自己，改变自己的心态，有时间在一旁自怨自艾，还不如学会怎么去超越自己。

在网络上无意中看到这样一段话，我很喜欢，觉得这段话说中了我内心的某一点，分享出来："自信来自内心，而不是来自和别人的比较，和别人比较永远不可能带来真正的自信。比较的结果不是产生虚妄的优越感，就是产生强烈的自卑感。这两种感觉和真实的你无关，也和自信无关。自信是一种自我肯定，肯定自己在某些方面能够做得比较出色，而不是在所有方面都比别人好。"

　　命运就是一张牌，洗牌的人就是你自己。不要因为小小的自卑，把自己的一手好牌，活生生地打烂。

027

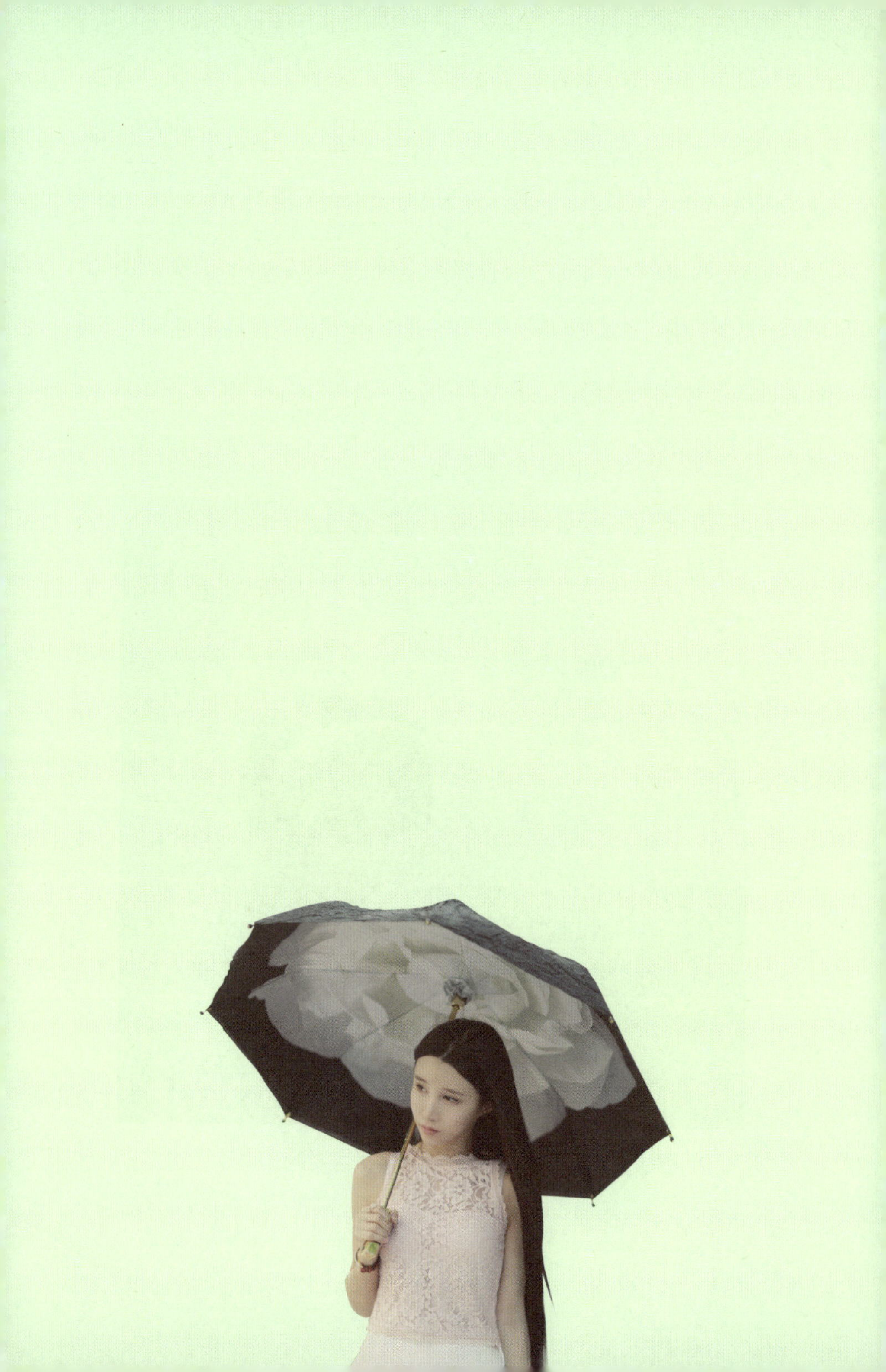

Chapter 2
我要拥有的，是别人拿不走的东西

如果你在20岁的时候不去做一些能够保障40岁生活的事情，那么你凭什么要求到了40岁时，过上安稳舒适的日子呢？关于自己的生活，只能自己去奋斗，再多的苦也是要自己去吃，人生是轰轰烈烈，还是平淡如水，这都不重要，重要的是你在经历之后，能够拥有别人无法从你手里夺走的东西，想要的东西只能靠自己去争取，别人给予的始终是无法牢靠地握在手心里的。

最大的成就是自己承担自己

我从来都是主张女孩子要自强自立，独立自主的，不要依附于父母，也不要依赖男朋友，没有人可以让你依靠一辈子，除了你自己。其实这也是我小时候爸爸对我灌输的一个理念，从小到大，他给我的感觉一直很严厉，他不会像其他父亲那样看到我熬夜辛苦工作，就跟我说："放松点啊，别那么辛苦了，别努力赚钱了，老爸养着你。"

这一类的话，我爸从来不跟我说，反倒是会不断地激励我，鞭策我，让我凡事不要想着指望他，要自己给自己铺路，我爸从来对我的教育方针就是："爹有，娘有，不如自己手中有！"

因为爸爸妈妈是做生意的，所以，我遗传了很大一部分的经商头脑，大概在上初中，也就是十三四岁的时候我就开始自己赚零花钱。促使我赚零花钱的目的只有一个，那就是可以不用求着父母给钱。我的性格从小就是很独立的那种，很要强，可以说是那种死要面子类型的，我认为"求"别人是一件很丢脸的事情，所以，我有什么需求，首先第一个念头就是自己去解决。

上初中那会儿，我放学没事的时候，喜欢和同学逛逛学校附近的一个小批发市场，买点女孩子喜欢的小玩意儿。那阵子很流行一个叫迷糊娃娃的玩具，胖乎乎的，很可爱，我很喜欢，但是那个娃娃卖得太贵了，一个要二百块钱左右，对于我来说算是一笔挺大的开支，实在是不想把钱都砸在一个娃娃上，但是我又特别喜欢那个娃娃，于是我就去淘宝上搜，没想到我竟然搜到了生产那个娃娃的厂家，定价也就三四十块钱一个。

这个意外发现让我很是惊喜，我就多买了几个，每个娃娃加了几块钱卖给了班上的同学，这应该算是我第一次"下海"，效果还不错，同学从我这里买到了物美价廉的娃娃，而我不但节省了一大笔开支，还有了额外的一点小收入，虽然不多，大概也就几瓶水钱，可是让我觉得很有意思。

正是因为有了这次经历，我觉得做生意是件挺有意思的事情，我也挺感兴趣的。初二放暑假，我在家闲着无聊，就上淘宝开了一个网店，卖迷糊娃娃。从厂家批发一些娃娃，放到我的店里卖，现在想想，我那时候干的事其实就是"倒爷"，倒买倒卖挣点差价，但我那时候开这个店还挺开心，现在我还记得，我当时最大的一单生意是一个五百块钱的大生意。

一个顾客说想要我的娃娃，但他希望线下交易，我同意了，我们约在一个网吧门口交易。我知道他是一个男性，为了安全起见,还带上了我几个好哥们为我保驾护航,我们几个人和那个顾客就在一间网吧楼下一手交钱,一手交货。

现在想想那个画风特别哥特式,我们几个小孩抱着玩具娃娃,和一个上了岁数的中年男人在人来人往的街头做买卖。那笔生意我大概净挣二百块钱,揣在兜里特别高兴,有一种自己能顾住自己,挺直腰杆的自豪感。

后来我琢磨着也不能总卖迷糊娃娃,货源太单一不利于我的网店发展生意,于是,我就将目光瞄向了服装。那会儿,我老去西单的华威、明珠逛,和里面卖衣服的导购都熟了,她们告诉我想要卖衣服就去动物园批发市场批发,她们的衣服都是从动物园批发市场批发回来的。

于是,我就自己坐着公交车跑到动物园批发市场去淘衣服,进货。第一次大概花了八百块钱,买了一大包的衣服和首饰,自己扛回家,摆弄着拍照,传到网上,然后就等着开张了。我上初中的时候,还不是很流行在网上买东西,我的网店基本没什么生意,平均也就三四天卖出去一件,有的时候,还是我同学来捧我的场。

后来开学了,初中的学习还是挺繁重的,而且我姥姥那时候管得我也很严,只要看见我趴在电脑前就说我,还动手拔网线,我就只得把这个网店给关了,压了一堆没卖完的库存压箱底。

到了初三那年,因为我休学在家,我妈就把我关在家里,不让我出门,让我每天自己看书,学习,美其名曰是自学,其实我大部分时间都消耗在打游戏上了。既然不用上学了，我就有大把的时间可以上网，我想了想，与其浪费时间，不如做点自己喜欢做的事情，于是，我就把我这个网店重新开了。

这一次开网店，我就没再卖衣服了，而是转做代理，为了做好这个店，我还专门花了许多时间在网上学习，不过最终店里的生意也没什么起色，赔了零花钱又折腰，一气之下，我又把网店给关了。

我家里的经济条件还算不错，我完全没必要为了钱着急上火的，但是我不甘心当一只"米虫"，在很小的时候就有这种要独立，要自己赚钱的意识。从卖迷糊娃娃，到开淘宝，做代购，最后做到美沫艾莫尔。在这个过程中，我觉得自己最大的成就不是赚到了钱，而是学会了自己承担自己。

很多时候，我做许多事情都是为了证明我自己，我从小就学习不好，又淘气得厉害，家庭条件虽然优越一些，但是我一直都是让父母在外说不出口。最终，我决定白手起家，独立创业，如今让父母骄傲，让父母的朋友刮目相看，看到他们开心我感觉真的很幸福，这也证明了温室里不一定出娇花朵。如今为了证明自己，我不断地充实专业知识并学会了待人处世。人生很累但不违心。

反正啊，我总是善于发掘自己身边的一些小机会，开淘宝店啊，做代购啊，当当模特啊，在我经历了回国上大学，重新开店创业一系列事情之后，我已经对自己的规划越来越清晰了，我喜欢我所做的事情，我就会想尽办法，用我全部的能力把它做好。

之前自己对于精油的知识真的就是一丁半点，总是有顾客会问一些相对专业的问题，我常常答不上来。为了让顾客更加信赖我的店，为了能够更好地解答顾客的疑问，当然也是为了更加透彻地了解精油，深入地学习芳香疗法，我从一个"学渣子"彻底进化成了一个"学霸"，每天疯狂地学习，一起床，一睁眼就摸书学习。

我陆续拿到了澳大利亚ＩＡＡＭＡ国际芳疗师认证、英国ＣＩＴＡＣ国际芳疗师认证、国际认证花精治疗师等资质认证。

在学习的同时，为了让自己的店知名度更高一些，我就找所有的机会让自己抛头露面，给自己的店打广告，什么淘女郎、淘宝论坛，我会在上面发布自己护肤的一些经验，介绍精油的好处，让更多的人能够关注到我，进而关注我的店，购买我的产品。

随着店里的生意越来越好，我爸妈还有之前不看好我的一些朋友，也渐渐开始认可我做的这个事情了，我爸有的时候还会给我出谋划策，给我讲解一些做生意时应该注意的问题，用他的多年经商的经验帮助我更加快速地成长。

我之所以会创建自己的精油品牌——美沫艾莫尔，就是爸爸一句话点醒了我，他跟我说既然生意已经做了起来，那就要为日后做好各种打算，我不能永远做代购，把别人的东西拿过来卖，万一有一天澳大利亚那边的供应商出了什么问题，和我中断了合作，那我这个店就做不下去了。

爸爸建议我创建一个自己的品牌，这样会对未来长远的发展更好。爸爸是一个做传统行业生意的人，他对品牌的意识很强，也正是在他的提醒下，我才开始着手找国外的一些能为我提供技术的人员，然后联系澳大利亚的朋友帮我四处寻找原材料，就这样慢慢地，我有了自己的品牌。

在之后我学习了芳疗之后，我的产品线就更多了起来，不再只是局限于精油，而且开始做一些护肤的产品。从代购到建立原创品牌，这可以说是我从原始资本的累积，走出的一条直线上升的发展轨迹。网店最初的在售产品只有六款，店铺主要由我一个人打理，客服则是采用外包的形式。之后随着产品种类的增多和销量的提升，我开始组建了团队，人数不断发展增多。

没梦想，就没明天！因为我普通，所以我只会脚踏实地地做好手里的事情，因为我做好手里的事情，所以我可以变得不普通。如果你没钱就去赚钱，不漂亮就去变漂亮，绝对不能自暴自弃。谁都不是天生就有钱，最初的美沫艾莫尔，没花过任何一笔启动资金。都是靠着我自己一步一步走到现在的，我自己的经历告诉我，最大的成就不是赢取多么丰厚的物质，多么高的社会地位，而是能够自己承担自己。

有时候真正的敌人不是别人，而是自己

我看的书单中，会有一些知名企业家的传记，我会看一看他们的经验，向他们学习一些东西。总的来说，我发现这些最终没有被生活打倒，有一番作为和事业的人，都是内心很强大的人，他们能够应对上天抛给他们的各种考验和困难。

每一个人都会在生活中、工作上遇到困难，这是无法避免的。社会是残酷的，它从来不会带着温情脉脉的面纱温和待人，我们每一个人在进入社会的那一天，就应该做好心理准备，要和它来一场持久战。

创建了美沫艾莫尔之后，我真的像我爸说的那样在走一条很孤独的路，承担着越来越大的责任和压力，我要为许多人考虑，为许多事情负责任，但是我自己的委屈和心酸，却是只能自己打碎牙齿往肚子里咽。

在我的产品越卖越好的时候，一些负面的声音也从四处冒

了出来，质疑我卖的产品有质量问题，甚至质疑我本人，觉得我在炒作。一开始的时候，我也是想置之不理，想任凭那些声音自生自灭，但是，那时候毕竟还是年纪小，无法对外界的质疑声泰然处之，又忍不住想去网上看那些谈论我的帖子，看到那些误解我，甚至扭曲我的话，心里就很堵得慌。我明明是认真在做事情，希望能够把好的、更好的东西带给希望变美的女孩子，可是却总有人把我说得唯利是图，说得我十分不堪。

导致我有一段时间畏首畏尾的，在做一个决定之前，总是会考虑这个决定是不是会给我带来更多的负面评价。我不怕承担身体上的压力，不怕承担工作上的压力，但是这种负能量的压力还是会让我觉得特别烦恼，毕竟我是一个女孩子，女孩子就会有玻璃心，我为什么要承受这些呢？

作为一名创业者，我之前预想过许许多多我可能会遇到的困境，比如公司的营业额不稳定，公司的产品销量上不去等，但唯独没有料到是自己本人在不断地遭受着非议。随着产品的逐渐推广，我在网络上也算是有了一些人气，那时候还没有"网红"这个说法，但我那个时候也的确可以算得上是网红，因为我在网络的世界里红了。

"红"并不是我想就能实现的，而是通过大家的关注慢慢积累的，说明我一直在努力，我并没有违背自己的良心，别人却不能理解我，他们说我炒作，说我借着自己的名声卖东西，说了许许多多并不符合我真实情况的话，这让我心里很不舒服。

我心里会不满,为什么自己辛辛苦苦做事情,会有这么多人围攻我。那时候,我依然在坚持分享我的美丽经验,只不过已经从人人网转到了新浪微博,每天打开微博,看到下面的留言有支持我的,我就会感到欣慰,看到那些质疑我的,我就又会不开心。所以,很长一段时间,我的新浪微博签名是:挑剔负责玻璃心的摩羯座,勿伤害。

我一直都希望自己能敞开心扉去交朋友,做真实的自己,但是网络红人、90后创业老板这些"高帽子"让我在很多时候被寄予了过高的期望,承受了很多在我这个年纪背不起的压力。每当我独自偷偷抹眼泪的时候,我就骂自己逞什么能啊,当初非不听爸妈的话要创业,现在苦了吧。

那段日子自己挨得确实挺辛苦的,主要是心理上的压力大,但是慢慢地,我也逐渐看开了,不再纠结于"被黑"这件事情上了,别人说了你几句,你就挂心上了,难受了,抱怨了,然后你就失去动力撂挑子不干了,你不去更加努力地证明自己,别人怎么能有对你刮目相看的机会?说实话,我真的见过太多、太多这样的人了,遇到困难就退缩,总给自己留后路,这条路走不好就想走另一条,我可不想成为这样的人,你要知道你一碰壁就回头,你换一千条路都瞎扯啊!坚持做你在做的,不给自己留后路,才是真的进步。

因为总是想到最坏的打算,就要随时随地地放弃,如果什么事情都首先想到的是最坏的结果,这样到头来那就没什么事情可以做成了。有时候机会和想法就在一念之间，最关键的还是行动力和恒心，长久以来我都认为车到山前必有路，想到什么感觉可行，就要去立刻执行，我为什么要为了在意别人怎么看我，而放弃自己费尽辛苦走到现在的道路呢？人生就这么一次，如果处处都活在别人的目光下，那自己还怎么前行。

我当初创建这个品牌的初衷就是希望让每一个爱美，想要变漂亮的女孩子自信起来，变得更加美丽。每一个女孩子都有一颗爱美的心，但上帝是公平的，他不会让我们十全十美，他给了我们一样东西，总会从我们这里拿走另外一样东西，我们只有通过后天的努力和追寻，才能找回那缺失的东西。

我的梦想就是让美沫艾莫尔成为一个梦想品牌，帮助更多女孩实现梦想。我的梦想还没有完全地实现，我不能允许自己撂挑子。在很多的时候，我们真正的敌人其实不是别人，而是我们自己。因为我们自己的怯懦和松散，令我们在原本坚持的道路上越行越偏。

我一直都以女汉子自居，从来不觉得自己是个娇滴滴的大小姐，在创业这条路上，我体会到了实实在在的苦头，也感受到了真真实实的成就感。"创业的道路是寂寞的"，我依然记得退学创业那一天爸爸的忠告，创业的过程真的是五味杂陈，有寂寞的滋味，也有心酸的苦涩，但更多是满满的充实感，时间最终会证明我的选择是对还是错，但不管怎么样，我都不为我的选择而后悔。

在"被黑"的这条路上,我渐渐学会了接纳和包容,毕竟这个世上不会所有人都认可你,我能做的就是完善自己,做好产品。我希望能够给缺乏自信的女孩做一个榜样,让她们能够拥有更多的勇气面对生活的不公平和坎坷。

所以,我依然在微博、微信上坚持发布自己的分享视频和文章。虽然一直到今天为止,对我不满的声音依然存在,但更多的是赞同我、支持我的人在为我鼓劲、加油。有一天上网,我看到一个小孩子@了我,看了她写给我的话,我很受感动。

"你说梦想就是一株双生莲,你吃得了两份苦,才能开出让人叫绝的花朵。这句话一直勉励着我。有人也跟我说过,什么叫梦想?梦想只是梦想而已,终究躲不过现实。可是现在我认识到梦想是要靠自己的双手去打拼,要受得了别人质疑的目光和承受别人吃不了的苦。你对梦想的坚持和那股不服输、不低头的劲儿也一直是我想要学习的。我是一个初三的学生,面临着中考,你真的给我化解了很多的压力,要通过自己的努力去证明自己。现在的年纪就是应该拼一把,为了自己想要的未来而去拼一把。我相信将来的自己也会感恩现在正在努力着的我。"

目前,我的新浪微博粉丝数量每天仍在增长,我的淘宝店铺的销售额每月也在增加,其中很大一部分来自回头客。这说明我正在被人们认可,他们接受真实的我,也认可了我的产品。学习芳疗,经营淘宝,我拥有的不仅仅是一个好的肌肤,一个好的生活,而最重要,也让我最沉迷的,就是可以帮助爱美的女孩子,可以给她们解决肌肤上、身体上的问题，这个时候是最有成就感和满足感的。

　　我曾经想要的人生是每天自然醒，经常出去旅游，不用辛苦劳累，自由自在。可是现在虽然能自然醒，我却依旧愿意早起，虽然能经常出去旅游，但我还是会给自己订下看书，或者拍摄视频的计划，虽然我可以停滞不前，但是我宁愿加班，宁愿充实自己。我不愿安于现状，因为努力的过程中其实是最幸福的！这是一个自己和自己较劲，自己和自己比赛的过程，我很享受这个过程，我不会看轻过去的那个我，但我更欣赏现在的自己。

我从不和别人比幸运，我只是更有毅力

每当我和别人说起自己的创业经历，对方几乎都会以不相信的口吻回应我："你怎么可能是白手起家呢？你父母一定帮助过你。""你怎么可能没有启动资金呢？一定有人给你一笔钱。""你怎么可能一个人办起这个公司？一定有人帮你弄，你就是挂个名字而已。"

这样的声音我真的是听得太多太多了，实际上，他们质疑的这些确实没有，我真的是白手起家，真的没有启动资金，真的是自己在管理公司。这一切真的不被人相信，我想很大一部分原因是因为我拥有的这些，是大多数人所不曾拥有的，所以他们无法相信，像我这样一个看起来瘦瘦弱弱、学历也不高的人能够做出这样的成绩。

往往你不相信的，都是因为你没有拥有过，总是被人说我不过是幸运罢了，不过是沾了有钱父母的光而已……我想说的是我

的确是很幸运的，老天爷给了我很好、很爱我的父母，给了我一群不论出了什么事情，始终陪在我身边不离不弃的朋友，给了我一个这么好的机遇，让我在实现了经济独立的同时，也找到了自我的价值。

但是，这些幸运并不是别人所认为的那种"坐享其成""不劳而获"，绝对不是的。这份幸运让我有足够的胆子去挑战自己，如果一定要说我比别人幸运，我觉得倒不如说我比大多数的人更有毅力而已。

做淘宝店初期，我一个人负责所有的事情，整个人像机器一样连轴转，没时间休息，没时间好好吃饭，常常为了给顾客解答问题，我扒拉两口饭，就赶紧上网打字，饭放在一边凉了也顾不上吃一口。就在这样高强度的工作压力下，我终于光荣地病倒了，因为一次急匆匆地吃了饭，还没休息，我又急匆匆地出门办事，结果就得了很严重的阑尾炎，疼得死去活来的。

看到我把自己给折腾成这样，我妈心疼了，非得把我接回家去住，但是我在家没待两天，身体恢复得差不多了，我又跑出去了。因为在家里，我爸妈看到我长时间地工作，总是会管着我，念叨我。我知道他们是关心我，为了我好，可是工作上的事情，我又实在放不下，为了不让他们替我操心，我就还是选择一个人住，继续每天忙叨叨地处理着自己店里的各种事情。

当时，我有一个感情很好的男朋友，在我忙着自己的小生意时，他父母安排了他出国工作，但是我当时是一定会留在国内的，他为了和我之间的感情，也选择了留在国内，当时我挺感动的，我那时候就想和他一起把事业做起来，我们商量了一下，觉得电商的发展潜力不错，决定再开一间网店卖衣服，让我男朋友负责管理。

这间卖衣服的网店开起来之后，我从很忙变成了超级忙，每天一大早要五点钟起床，去动物园批发市场批发衣服，回来后把衣服搭配好，传到网上，然后再去忙精油打包、发货这一系列事情。虽然男朋友也会帮我，但是在做电商的这一方面，他的经验不多，我什么事情又喜欢亲力亲为，所以大部分时候，大部分事情最终还是落在了我一个人的身上。相当于我一个人负责了两家网店的事情，在那一年里，我身体状况特别地差，累得病倒了好几次，大病就生了三场，最后我觉得这样下去不是办法，不能把自己的身体拖垮了，就把卖衣服的网店关掉了。

关掉卖衣服的网店后，我想还是要专心把精油这一块做好做精，就没再有其他的心思。其实我当时也是迷糊的，我不是专业的商科毕业生，我没有很强的商业计划，我只是凭着自己的直觉在不断地探索，加上我和用户持续深入地互动，我的生意模式也算是开辟了新的路径。

在这个过程中，我和我那时的男朋友因为我们个人的原因，选择了分手，但是，我们的关系一直都很好，在最好的年纪，彼此给予了对方最纯真的爱情，就算在时间的流逝中，昔日的爱情不见了，但是我们之间还是保留有别人无法比拟的深厚感情。现在，他也是我事业上很好的拍档，他的性格很细腻，会帮我处理许多细节上的问题，会看出许多我没有注意到的问题。我觉得这也是我人生中比较幸运的一件事情，失去了一份爱情，但是却收获了一份持久的友谊。

继续选择做精油后，常有一些"取经"的人跑来向我征询生意经，问我怎么才能把网店的生意做好。我觉得这个很难笼统地概括回答，毕竟每个行业都不一样，每个行业都有每个行业的难处，就好比开网店卖服装，每天要处理的鸡毛蒜皮的小事情特别多，顾客买了衣服觉得不合身就会要求退货，买了觉得不好看也会投诉，或者一个小线头，一点点的小瑕疵，都会成为顾客不满的理由，而这些都需要你耐心地去应对。

而我又是一个脾气有些急的人，在处理这些问题时，难免会不够耐心。后来我觉得对于精油和护肤的喜爱远超过了我对服装的热爱，为了专心做好一件事情，我就专心打理精油的生意。许多人觉得做精油和护肤产品会相对容易，因为不用换宝贝描述，不用总出去拍照，但事情同样不简单，需要在产品的研发上投入大笔资金，平均广告费就比任何的行业都高一截。选原材料需要去那些产地挨个跑，需要研究专业知识，这样才能更好地为不同的顾客做出更专业的解答。

这些事情光掰着手指头说一说就觉得头大了，更不要说去身体力行地做了。我觉得重点不是怎么赚钱，而是你要首先确定你是不是真的有毅力做自己想要做的事情，没有任何一个行业是简单的，无论你目前在做什么，都需要你付出十足的努力和坚持，才能换来你想要的回报。

想要把网店经营好，真的需要做好吃苦的准备，如果已经选择好了卖什么产品，那么下一步就是要找到自己产品的风格定位，不要想什么都通吃，这是不现实的，一定要选好定位的风格。比如我做精油，做着做着，成立了自己的品牌，然后就开始寻找厂商，生产自己的护肤品，定位就是"一对一芳疗订制护肤"，开启了一个全新的护肤领域，在我打造国外优质的供应链的同时，还组建了庞大的芳疗师顾问团队，帮助购买我产品的用户在购买产品之前，订制一套个性化的护肤方案。

这套方案并不是随随便便订制出来的，是根据用户的肤质、身体等情况订制的，帮助她们应该如何使用产品，在平时的生活中需要注意什么等。因为我当时抓住了芳疗在国内市场上的空白点，所以借此打开了国内的芳疗市场。

但我能够抓住这个机遇也并不是因为我比别人幸运，而是我在不断地坚持下，一点一点探索出来的。每天几乎都在熬夜工作，除了要钻研专业的知识，还要研究如何把自己的店铺推广出去。

在护肤方面，很多人总是太着急了，她们总是希望能够买到一种一劳永逸的产品，抹到脸上能够让她们的皮肤瞬间变好，但是这种产品是没有的，任何事情都是需要循序渐进的，做事情也是这个道理，许多人都向我打听"一夜暴富"的秘诀，好像我手里攥着阿里巴巴和四十大盗的宝藏钥匙。我也只能一而再、再而三地告诉他们，我并没有他们看到的那么轻松，我现在所有拥有的，是我付出了他们想象不到的辛苦才得到的。

　　许多人总是看到别人有的，却看不到自己有的，他们总是羡慕别人比自己多那么多好的机会，却看不到别人背后默默付出的艰辛。我从来不和任何人比较，我相信自己的道路只有自己铺就，你想要走出一条柏油大马路，那就不要嫌日头太毒，你走出了一条崎岖山路，也不要埋怨是自己的时机不好。

日常TALK ——坚持做自己，从来不认输

我身上被贴了很多标签——网络红人、美女老板、90后老板、正能量榜样、最美国际芳疗师……随着我的创业之路越走越远，越来越多的标签贴在我的身上。

我从来没有想过要去运作这些标签，直到现在有很多时候接受采访，别人提起的这些头衔，我都会很不好意思地说："没有啦，我就是很幸运地创业了，小有成就而已。"我不愿意被标签所束缚，所模板化，在创业的这条路上，我只愿意做我自己，并且要坚持做我自己，坚持自己创业的初衷，不会因为任何的困难，就认输低头，也不会因为任何的诱惑，而举手缴械。

我认为我们的定位、身份、标签不是别人给你炒作出来的，媒体给你运作出来的，而是真实的自己，得到了别人的认可。有一次我参加活动，我看到了另一个网红，我想去和他一起合影，结果被他经纪人说，不能合影，我们公司管得比较严。主办方从

中协调还是希望我们合影,我只说了一句话:"我的公司就是我自己的,我没有被签约,我随意,你们去协调他就好了。"

这件事情更加让我意识到做自己,完全自己掌握自己的人生主动权对我而言有多重要,我就是一个不愿意被别人安排的人,我想要的生活,我想过的人生,一定要是我自己心甘情愿的。我之所以创业就是为了活成自己想要的样子,为了能够自己掌握自己在生活和工作上的主动权,而不是为了这些别人给我身上贴的所谓的标签,就要去扮演另外一个完全虚假的我。所以我会素颜拍各种视频,为的就是让别人看到更加真实的我。

我会真实地在微博里和粉丝交流,告诉他们我是如何成长的,和他们分享我在生活中的一些小小的经验,我也会和黑粉们沟通,告诉黑粉他们说得都不对,我并不是他们认为的那样,我会耐心地和他们解释。我不会因为创业,走红之后,而有了所谓的"公众光环",就感到不好意思做真实的自己,我不会去虚伪地活着。

当初创业的初衷,就是要拥有一份独立自由的生活,这份初衷始终记在我心里,永远不会改变的。

很多人问过我这个问题:"你为什么能够成功?"他们总是主观臆断地认为成功是一种状态——一种物质登上顶峰的状态。你有名气了,有经济实力了,财务独立了,这就算成功。这种理解并不是我心目中对成功的理解,我每一次都会认真地告诉他们,我远没有达到成功的标准线,因为,我觉得成功是一种使命，它在不停地要求我变得更好，永远不停止于当下。只有我在不断地变得更美好，带动身边的朋友也能变得更美好，找到我心里一种不骄不躁的安稳状态时，这才是我所认为的成功。

一直困扰我的一个问题就是我总是被人们当成一个玩世不恭、不做实事的富二代来看待，他们每一次提起我的事业，首先想到的不是我付出的努力，而是我家境好，借助了长辈的帮助等。不论我解释多少次都没有用，富二代这个标签是我无法从自己身上撕下来的，但我真的不是一个仗着家底好就不思进取的人。

很多时候，我会因为这些误解感到委屈，也会觉得着急。着急是因为，我认为成功更多的是取决于心态，很多人在这条道路上，早早地就输在了心态上。就是因为我们总是给了自己太多的借口，太多的理由，太多的退路，所以，我们在为梦想而行的道路上，始终无法迈出第一步，最终，与梦想擦肩而过。

我18岁从澳大利亚回来之后，就没再向家里伸手要过钱，那个时候凭着做代购有一点小小的积蓄，虽然不多，但只要我省着点花，还是足够应付日常开支的。而且那段时间，因为我和爸妈总是发生争执，我更不愿意伸手向他们要钱，我当时一心就想要证明给他们看，我是有能力养活自己的，不是他们眼中的废物、败家子。

从家里搬出去的那一刻，我就没想过要给自己留退路，没想过有一天自己过不下去了，要臊着脸回家去。我当时的想法就很坚定，我就是要靠自己得到我想要的生活，我就是要生生地走出一条"学渣逆袭"的路子，让看扁我的人合不上嘴巴。

当时我在北京租的小房子特别简陋，我在前面的文章中也提到过，屋里除了一张床，几乎摆不下别的东西。我每天不是吃盒饭就是吃泡面，每天的时间除了学习就是工作，连出去逛街的时间都没有，即便如此，我那时候也从没想过回家求助，像我这么惨的富二代，恐怕找不出来几个吧。

在北京服装学院上学的时候，我做精油代购还没有特别大、特别成形的想法，就是有人买，我就卖，赚一些差价，让我能够保证自己的生活就好了。也就是在那个阶段，我慢慢积累了自己创业基金的第一桶金，用滚雪球的赚钱方式，慢慢地积少成多，而且在这个过程中，我爸妈还不停地给我施加压力，让我放弃精油，好好专心念书。

在所有人都不看好我的时候，我坚持自己，挺了过来，终于把事业开拓了起来，如果我当初认输，怕苦，乖乖跟我爸妈回家，乖乖上学，答应他们毕业之后找一份稳定的工作，那自然也就没有现在这个每天在网络上嘻嘻哈哈的张沫凡了。

所以创业不需要你准备得万无一失，生活也不需要你瞻前顾后想那么周全，很多时候，执行力很重要，在你执行的时候，你才会遇到更多的机会。在你碰壁，跌倒，受挫折的时候，你才会获得更多的成长。

因为想要尽早独立，我选择了创业，而在创业之后，我靠着我自己，找到了新的自己，最初的梦想，不是梦想，只是用一个目标，一个要独立的目标和坚定的信念。慢慢地，我在这条路上就会找到新的自己，新的梦想。

这也是我在创立了自己的品牌之后，从只做精油代购，将公司的定位发展成了芳疗师订制，最初是为了能给国内的客户解释清楚精油的功效、用法等问题，我就考取了国际芳疗师资质，也是在这个过程中，我慢慢地认识了更多的芳疗师，我们聚在一起的时候，希望可以传递自然天然的护肤方法，希望可以传递芳香疗法。

在这个过程中，因为买家的疑问、黑粉的质疑、真爱粉的支持，我会发现我的生活、学习在被动地被一股力量推着向前走，每走一步，下一步好像也已经在等着你完成了。只要你付出一定的时间和一定的努力，这一步步都是切实可行的。

当然这一路会很辛苦，因为总会有质疑、有抨击、有诋毁的声音伴随，而我有很多想法和努力也经历过失败，但当然在这个过程中，更多的想法和努力成功了，受到的鼓励也更多了，我就这样一直坚持着，直到有一天我看到了一句话：只有那些一遍遍被打击，还始终努力坚持着的，才叫梦想！

直到这个时候，我才知道，原来我找到了自己的梦想，也发现了自己的责任，所以我一直都在微博传递自己的想法，自己的正能量，我是希望能有更多的女孩子可以拥有自己的目标和梦想。只要有自己的一个坚定的信念，并去为其努力着，在这个过程中，其实就是美好的。

　　创业当然不会是我们唯一的出路，只要我们在独立成长的过程中，在坚持自己的过程中，永远努力，我们都会有收获的。即使没有创业，我们也要为自己而活，也要认真对待每一天，因为你在全力以赴的这个过程中，你才能学会什么是担当，才能慢慢地成长。成功不是一个定位，是自己不断地进步。

　　关于创业，我要的不是成功，不是家财万贯，而是在这个过程中，享受痛并快乐的成长，结果并不是最重要的，在这期间，我所经历的挫折、付出的努力、心酸、激动都会刻在我的心里，让我更加认清自己，让我更加成熟。很多时候，创业就是一股劲儿，一股不认输的劲儿，我不要瞻前顾后，我只是跟随我自己的内心，做我自己，努力地完成我自己设置好的目标，一步一个脚印地往前走。

[054 ...

055

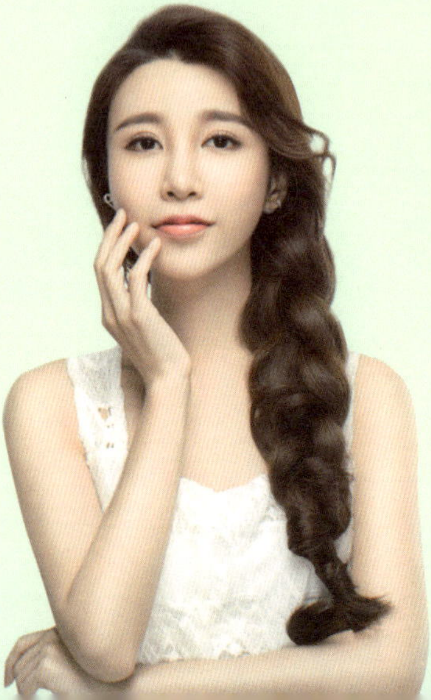

Chapter 3
想要看起来毫不费力，就要格外努力

我从来不去做最好的选择，我只是选择而已，然后让这个选择变成最好的选择。在这个世界上没有什么安全感是能由别人给予的，别人给予你的能量再大总有一天也会消失，只有自己给自己的才最真实可靠，想要拥有你所想的一切，就一定需要给生活付出更多的代价。

有些坚持，单单是因为太喜欢

在我的微博上可以看到我发布的许多分享视频，有聊生活的，有讲美发的，有讲护肤的，还有闲聊天的。我喜欢分享各种各样的东西和想法，虽然我分享的内容不一定是最好的，也不一定是最有道理的，但是能够把我内心最真实的想法分享出来，我就觉得很开心，所以，这么久了，我依然坚持每天拍视频，做视频，修图，为的就是能够让等在电脑前看我视频的人，尽早看到。

也正是因为我每天坚持拍各种各样内容的视频，有了越来越多的人关注我，她们了解了我的产品，知道了我是做什么的，对我感了兴趣。如果说我能成为网络红人是机缘巧合，那我觉得正确来说，是因为我的坚持，让我逐渐走到了公众的视野中去。

很多人会羡慕我很瘦，我告诉她们我会坚持健身，有针对性地对自己身体不满意的地方进行训练，持之以恒，就会达到自己想要的效果。我在微博上坚持分享的各种减肥教程，都是我总结出来的很有用的减肥方法，只是许多女孩子在看过之后，热情只会持续三天，就会喊累不愿意坚持了。

身体是自己的，如果想要拥有一个好的身材，不去付诸行动怎么会有成效呢。我一开始对自己的身材不满意，想要塑形的时候，也会因为感到很累，想要打退堂鼓，但是想要变美的心让我支撑了下来，而在健身的过程中，我也逐渐发现了健身的乐趣，有时候出差，在酒店里还要去健身房跑跑步，练练瑜伽。我能够把减肥这件事情坚持下来，正是因为我喜欢锻炼，喜欢拥有一个美好的身材。

我在忙碌的工作之余，依然会抽出时间去学习芳疗，放弃周末休息的时间，去参加芳疗老师的课程，除了我需要学习更多专业的知识为我的顾客答疑解惑之外，还因为我对芳疗深深的着迷和热爱。正是因为我喜欢芳疗，所以我愿意花掉我大量的时间，牺牲我原本的休息日去学习，能够坚持学芳疗好几年，也从未想过放弃，正是缘于这种喜欢。

在2013年的时候，我结束了之前和我的工作人员远程交流的工作模式，正式租下了一间办公室，开始了创业之路的新旅程。其实之前与客服远程合作得也很愉快，不需要额外再操什么心，但是我认识的一位年长我一些的朋友告诉我，我应该去办一家公司，而不仅仅是每天对着电脑，那样虽然轻松，但时间久了，其实是对自己的一种消耗，会阻碍我的成长。

那位朋友是我很尊敬的一位企业家，他的许多经营理念都是很让我受教的，在通过和他的几次交流之后，我就决定把自己的公司真正地做起来。刚开始的时候，我公司的团队就七个人，她们基本上都是我的粉丝，因为喜欢我，愿意支持我来和我一起工作，我们在一起度过了很多有趣、好玩的工作时间，她们对待工作都很负责任，也会出许多有用的点子给我。

这几个女孩中的一个一直和我在一起工作直到现在，现在是我的销售主管，能帮我处理许多事情，独当一面。之后随着公司的发展、扩大，陆续有老的员工离开，新的员工进来。在这几年的发展中，公司的每一个员工都曾帮过我，如果没有把公司做起来，我可能不会感受到团队合作的默契和力量。

但如果不是因为我对精油和芳疗的喜欢，我如果只是想简单地做一份挣钱的工作，我可能也不会把公司做起来。在公司发展的过程中，免不了会有一些起伏和波动，但还算幸运的是总是有新鲜的血液注入进来，总是有新的发展意见提供给我，让我能够及时地调整公司的发展计划。

公司现在正在稳步地发展，各方面的势头都挺好的，许多人挺看好我和我的公司的，一些人想要和我签约，和我合作，他们开出了优厚的条件，但是我一直都没松口答应，因为美沫这个品牌是我一手创立的，就像是我的孩子一样，我不会舍得交给任何人，我会对这个品牌负责到底，哪怕过程中会遇到各种各样的难题，我也不会放弃。

世界太大，谁也不能改变，但是可以改变自己，把自己做到最好就是给自己最大的回报。我就是希望有一天能够通过自己的努力，去推动和传播芳香疗法，为这份事业献出自己的微薄的力量。

而且我也会担心一旦与人合作，我在创建这个品牌的时候所立下的初衷就会被改变，那是我不愿意看到的事情，我还是更希望自己能够完全地掌控全局，因为这就好像是汪洋中的一艘大船，作为船长，我必须掌舵，控制方向，调整航线，才能让我的船航行得更远，但是如果我轻易地放手，交给一个并不熟悉这艘船的人去掌舵，这艘船很可能会偏航，会抵达不了更远的地方。那么，即便我会获得丰厚的利益，我也不会开心的。

所以，这几年来，一直会有人、有公司向我抛出橄榄枝，尤其在2016年年初的时候，有很多很多的大商家来找我谈，真的很多很多，希望可以和我签约，他们帮我运作，出内容，出策划，做运营，做销售，找厂家，我只需要每天美美的就好了，我只需要在人前卖产品就好了。

想想这是一件多幸福的事情啊，我现在每天都很好，只是公司的事情一大堆，从销售、运营、视频内容、视频剪辑、拍摄、订货、售后、货源、工厂、包材、库存、发货，全部要管。如果和大公司合作，这些我全都不用管了，我就在微博上和你们聊聊天，去旅旅游，卖卖货我就能活得很好。

这个模式其实有很多网红都在运用，之前，很多网红也都会有自己的淘宝店，做着自己的小生意，不亦乐乎。一些有投资眼光的人发现网红原来比明星还好变现，他们可以拿网红变现，然后上市。所以在2015年前后，大批量的生意人看好了网红市场，开始批量生产网红，让更多人成为网红，然后去卖东西，变现。从在商言商的角度上讲，网红经济绝非不可以，但是初衷变了，人就会变。

我不愿意改变自己的初衷，所以我拒绝了签约的要求，我为什么拒绝了呢？因为我觉得我的初衷不是做网红，我更不是指着我火了去卖东西的，虽然我现在是在卖东西，这么说有点解释无力，但是反正这不是我原先就预判好的，这不在我的计划之内。我只是走到了这一步，也挺幸运的，追逐上了时代的步伐，而且我认为我不是用来变现的工具，任何一个网红也都不应该是变现的工具。

我觉得做任何事情，坚持最重要。在经历着这些烦琐的事情的时候，我自己也在成长。做网红，我不知道能红多久，但是我觉得做品牌，可以长久下去，这是一种自我坚持的精神，如果做一个品牌，自己都不能亲自参与每个环节，都不能审核每一个步骤，那这个品牌真的有价值吗？

或许我可以大捞一笔，但是没有未来。我们看到的大牌CHANEL、LV、爱马仕哪一个不是百年的历史。菲拉格慕的创始人曾经就是一个鞋匠，唯有精神和信仰才能传承百年。

嗯，我就想我能做一个百年企业。

我也知道自己每天这么管理公司上上下下的事情，的确是很辛苦，常常熬夜写教程，就算是躺下了，浑身累得很酸困，但脑子里还是一直在飞速地旋转，想着各种事情，根本停不下来，没办法入睡。因为我喜欢自己的这份事业，就一直坚持了下来，虽然会觉得劳累，但并不会觉得辛苦得无法忍受。

我觉得比起忍受身体上的辛苦，心理上的辛苦更让人难以忍受。常听到有许多年轻人抱怨自己的工作很无趣，自己的生活很乏味时，我想说既然这些不是你们所喜欢的，那为什么还要陷在其中不肯跳出来呢？在一开始为了逃避生活的艰辛，而选择了安逸的工作，能给自己安稳的工作，那在发现自己根本不喜欢这种生活的时候，为什么还要延续这种生活呢？

如果说喜欢去做一件事情，从而坚持下去，那在这过程中的辛苦和努力都会成为日后结果的见证。但是如果你不喜欢去做这件事情，可是还懒得去改变，那你在这个过程中所忍受的种种不满，就只能是日后你抱怨的素材了。

我觉得这个道理很简单，一些事情值得去坚持，是因为坚持下去对你的整个人生都会很有意义。但是一些事情对你的人生来说是没用的，那就应该趁早放弃。你不能一边在安逸的围墙里享受舒适，一边看着围墙外的精彩世界抱怨自己的日子过得太平淡，太乏味了，你不能既想要风吹不着、雨淋不着的生活，又想要丰富多彩、充实快乐的经历，这根本是在做白日梦。

想要得到什么，就要去付出什么，这是最简单的事情。我想要做好我的芳疗事业，我就付出精力和时间；我想要变得身材更好，我就在别人吃零食、睡大觉的时候，泡在健身房里挥汗如雨；我想要获得更开阔的眼界，我就在别人打游戏、看电视消磨时间的时候，看书，旅行，充实自己。

大部分网红都扛不下来压力签约了，因为没有人喜欢人后的那些工作。我还在坚持不签约，为啥呢？因为除了做一个好网红，我更想做一个好老板，我想成为一个企业家。所以我必须对我的产品负责，所以我会自己审核产品的原材料，我会参与销售环节让它更人性化，我也会亲自处理售后，让我更了解公司的各种问题。

我知道我现在还有很多不足，不足可以改，可以不断地提升，但是我至少不能昙花一现。除了商业以外，在不是批量生产网红的年代就走了网红这条路，我觉得我真的很幸运，因为更有血有肉，因为了解自己的初衷，也许在很多人眼里我正反看都是一个商人，没错我就是一个商人，但是我绝对是一个好商人。

我得到了我想要的生活，那是因为我这些年一直在坚持付出努力，我的坚持带给了我回报，让我生活得更加幸福、快乐、充实，是因为我在坚持做的是我喜欢做的事情，正是因为这份内心的喜欢，我才能更加坚定地走到今天，走得更远。

成熟，就是活成自己想要的模样

"这次考砸了，我的人生完蛋了。"

"这次机会错过了，我再也不会遇到这么好的机会了。"

"这次面试失败了，我再也找不到这么好的工作了。"

"这次爱情失败了，我再也不相信爱情了。"

"这次……"

总是能听到有人这样大惊小怪地发出哀叹，的确，在我们的一生当中，会有几个比较关键的转折点，如果能够抓住那些机遇，人生就会发生改变。但是，如果没有抓住，错失了机会，也不用特别地悲观绝望，可能你会觉得你的一生都完蛋了，因为你失去了这么好的机会，你以后都不会遇到更好的机会了。但其实并不是这样的，机会的选择权还是握在自己手中，生活也不会变得更糟糕。

可能因为关注我的朋友大多数都是年轻人，他们许多人还在读书，所以，他们常常问我学习不好是不是将来就会没前途？高考考砸了，上不了好的大学是不是人生就不会再有起色了？

我当然不同意他们的这个说法了，但是我也不会鼓励他们放弃读书。我不想做出这种错误的引向，我觉得人在什么年纪，就去做什么年纪应该做的事情，在读书的年纪就好好读书，努力提升自己的成绩，至于是否能够取得好成绩，考上好大学，这并不能作为好好读书的一个重要目的。

因为不是每一个人都能当第一名的，也不是每一个学生都能考上大学的，读书和学习是为了充实自己，是为了补充知识，你可以成绩不好，但不能因为成绩不好，就自暴自弃，这样对自己是一种耽误。我读书的时候，成绩时好时坏，但我从来也没想过就这么放任自己，我在接触了精油之后，学习的劲头大得我自己都害怕。我不是为了考试而学习，我就是为了学习到知识，为了能够让这些知识融会在我脑子中才学习的。

还有的朋友和我说因为他们成绩不好，家长、老师都不会给他们好脸色看，会说他们这样长大没出息。所以，他们都不敢提自己还有别的理想，因为他们还没说什么，家长和老师就会说成天想那些没用的干什么，有空还是把学习成绩提高上来吧。

这样的情况会让他们很不自信，觉得自己真的就不会有什么大的发展了似的。真的不要这么想，不要被别人的言语影响自己的信念，谁还没有被别人看不起过啊，再拿我来举例子，我小时候那个样子，我周围全部的人都不看好我，他们都觉得我长大不会有什么大出息，甚至都没办法养活自己。

可是，我现在不但养活了自己，还养活了一公司的员工，还能给爱美的女孩子介绍变美的经验。所以不要让那些打击和负面的信息成为自己的负能量，虽然你可能在现阶段还不够出色，但是只要你有自己想要努力的方向，那就去努力地改变自己，把那些质疑你的负面信息当作是自己努力的动力，当你变得更好的时候，就是对那些看不起你的人扇了一个又响又狠的耳光。

我觉得越是被看不起，越是不被承认，就越要努力。每个人都有自己的活法，每个人都有自己的人生，不会说所有人的人生轨迹都在一条轨道上运行，一个班级里有二十个孩子考上了大学，读完大学毕业找工作，这是那二十个孩子的人生轨迹，但剩下的那五个没考上大学的孩子，他们有的可能选择出国念书，有的可能选择早早进入社会工作，还有的也许会选择别的道路。

总之，在这个世界上，每个人可以走的道路实在太多了，没必要都拘泥于一条道路上，没必要因为没有考上一所好的大学，没有找到一个称心如意的工作就闷闷不乐，就觉得前途灰暗，这样除了给自己增加压力之外，一点好处都没有。

在我刚开始做淘宝店的时候，并没有什么人支持我，那时候电商还不被所有人都熟知，许多人都觉得我做的这个事情特别不靠谱。如果我也瞻前顾后，听从了旁边人的劝告，去干一份当时看起来有保障的工作，那现在也就不会有美沫这个品牌了。所以别总是别人说你不行，你就真的承认自己不行，别人说你今后会完蛋，你就真的觉得自己会完蛋，抱着这种想法，你才是会真的完蛋了呢。

真正的成长，真正的成熟，是活成自己想要的那个样子，而不是活成别人眼中想要看到的你的样子。生活是自己的，人生也是自己的，我一直都在说我们没必要为了在意别人怎么看，就拼命地去改变自己。我们真正要尊重的是我们自己内心对自己的想法，活成自己想要的模样才是最好的自己。

刚开始的时候，我们可能是会不起眼，会做一些辛苦的，不是自己心目中最理想的那种工作，但是没关系，总是要一步一步来。我刚开始做网店的时候，什么都要自己做，一个人顶十个人在干活，但那个时候我不会觉得这是自己不应该承受的辛苦，我当时就觉得我首先要自立，只有自己真正地独立起来，才有资格去谈别的。

在我的事业一点一点地发展起来之后，我经济宽裕之后，我可以拥有更多的时间去雕琢我自己，我可以自信、从容地拾起我小时候对未来的种种梦想，将这些想法一一实现，我可以做我心中最想成为的那个自己。

现在，我的家人、周围的人不会再质疑我，因为我用事实告诉他们，我当初的选择和坚持并没有错，我做到了自己当初规划的梦想，而且我还在不断向前走，将来会越做越好的。可能有人会说并不是所有人都有你这样的好运气，许多人在一些基层的岗位上一直努力，但是才能总是无法展现，所以他们就总是无法实现梦想，无法去做真正的自己。

我觉得不是这样的，暂时被现实压着不能代表永远会被现实压着，而且只要你的工作真的做得特别出色，无人能够替代的话，那总会被赏识的。现在我对我公司的员工也不是全部都认识，我每天要忙很多事情，不会每天都待在公司里，有事情也只是会和一些主管沟通，这样一来一些客服和基层员工，我也就不会接触太多。但是这并不表示他们的努力工作，我就不会看到，只要他们真的是很出色地工作的话，他们的主管就会和我沟通，我就会注意到他们，进而了解到他们的能力。

一次、两次工作上的不顺心，学业上的不顺利都不能代表什么，毕竟人生那么长，谁知道以后会发生什么呢。只要自己保持一个良好的心态，知道自己的目标是什么，努力朝着目标奋斗就好了。

什么事情都不会是一朝一夕就能完成的，想要追寻理想中的自己，也不会是简简单单的事情。比如我对自己的相貌不满意，我就会研究怎么才能让自己看起来更加好看，更加舒服；比如我的额头是属于比较窄的那种，所以发型弄不好就会显得颧骨很大，所以自己就会研究适合自己的发型；比如自己眼睛向上扬的，看起来凶巴巴的，没有亲和力，所以就会研究眼妆；比如我个儿不高啊，所以就会研究穿衣服和拍照。

现在，在微博上，总有人要求我分享成功的秘诀，变美的秘诀，我真的没有什么秘诀啊，又不是神话故事中去上山拜师学艺，师父传授一个口诀，就可以掌握好多种本领了。平凡的我们想要变得更好，首先就要懂得让自己付出更多。

虽然我的故事已经讲过很多次了，但还是想一遍一遍地分享出来，因为我觉得我有必要，也有义务让大家了解到一个真实的张沫凡是怎么样的，而不是一个生活在网络世界中的"网红"张沫凡。

虽然说我确实拥有网红这个头衔，但是现实生活中我也是一个和你们一样的女生，也会看见美女就忍不住多看几眼，也会爱八卦，也会喜欢发表自己的言论，也会去经常刷微博、刷朋友圈。

而且，我觉得做网红真的很开心，有时候我的一句话，一个行为，一个视频就能够去改变他们的小小想法，或许让他们从失恋中走出来，或许让他们能开心起来，我觉得这是一种信赖。有的人把我当商人，有的人把我当朋友，而我就是把你们当朋友。我喜欢出去玩的时候都想着你们，你们让我有了一个去什么地方都寄明信片的习惯。我喜欢有什么开心难过的事情都和你们分享，至少有一个人听我唠叨。我喜欢跟你们一起探讨人生，我巴不得你们每一个人都跟我一样，就是这么霸道。

总之，做网红在这个时代真的特幸福，就是感觉自己身边总有人，不会孤独。

  不论是做"网红"张沫凡，还是做"老板"张沫凡，或者是做"二货"张沫凡，都是我真实性格中的一方面，我很喜欢自己这些不同的模样，因为我这么努力，这么坚持，就是为了能够活成自己想要的模样。

别那么愤怒，这个世界不欠你的

有的时候，有些人会在网上说我"晒富"，说我每天什么也不做，到处去吃喝玩乐，还有人说我发微博是在炫耀自己过得不错。看到这些评论，我觉得不知道该怎么解释，因为这没办法解释，他们看到的就是我生活的日常，他们说我"晒富"，那就是我平时需要用到的东西，他们说我每天到处去旅游，总是出国去游玩，那是因为我总是把工作和旅游结合在一起，他们看到我晒出的美景照片背后，是我在和国外的工作人员接洽、商谈。

我的人生还不错，这个我承认，但是这都是我自己一手奋斗出来的。总是有人和我比较，我想说不要和我比较，因为我花的钱都是我自己挣的，不需要委曲求全去求谁给我，我用名牌，是因为我喜欢追求有品质的生活，并不是为了炫耀自己，我从来不觉得自己的生活有什么好炫耀的，因为我一睁开眼睛，满脑子里想的就是工作上的事情，根本不会花心思去想这些有的没的无聊小事。

在网上看到一篇文章，大概讲的是一个从乡村奋斗出来的男人，在城市里安家落户，娶妻生子，生活过得还算不错。他在乡下有个远亲，家庭条件挺不好的，他就把那个远亲家的孩子接到了自己家里，安排孩子在城里上小学，没想到过了一段时间，这个孩子的班主任把男人叫去了学校，给他看了孩子写的一篇作文。

让这个男人没想到的是，在这个孩子的作文中，把自己描写得很负面。孩子的笔下男人每天什么也不用做，就可以吃香的，喝辣的，住大房子，每天想买什么就买什么，孩子最后表达有钱就是好，有了钱干什么都行……

这篇作文让男人彻底惊呆了，他没想到在孩子眼里，竟然会是这样看待自己的，孩子的心里对这个世界竟然是抱着这样一种扭曲的态度。他当下就不知道该说些什么了，虽然知道孩子的认识需要纠正，但是他却一句话也说不出来。

故事中还写到一对很优秀的父母生了一个很优秀的儿子，这个男孩基本不用父母为他操心就考上了一所国外的好大学，还拿到了全额的奖学金。这对父母很高兴，就请了几个亲朋好友去饭店吃饭庆祝，没想到在席间，一个朋友忽然丢出一句："国外的大学根本不需要考，给钱就让上。"

这对父母听了之后，虽然心里很不舒服，但还是不想翻脸，父亲就给这个朋友解释这所学校的一些情况，但没想到这个朋友压根就不愿意听，只是一味地强调只要有钱就能去那里上学，他根本不愿意承认是这家的孩子自己努力才考上了那所大学。

这个故事当时给我的触动挺大的，人哪，不怕不努力，因为你不努力也是你人生的权利，凭什么非要努力？做个平庸之辈又招谁惹谁了？怕就怕自己不努力，还扭曲臆造，无端贬低别人的付出。这个世界真的不欠任何人。每个经济地位居于你之上的人，都有比你更惨烈的付出和坚持。他们没抢走你任何东西，你的所获，只与你的智慧付出成正比，真的不是别人的错。

这个故事也让我想到了我自己生活中的一些事情，在2015年的时候，我曾创建了"美沫梦想基金"。关注我、喜欢我的产品的用户主要是十几岁到二十多岁的年轻女性，我希望这个基金能够帮助一些真正需要实现梦想的女性达成愿望。从创立这个基金开始，每销售一件货品，就会有10元进入"美沫梦想基金"，这笔钱会用来实现梦想。

我创办"美沫梦想基金"原本的初衷是为了帮助有梦想，但缺乏机会的年轻人实现自己的梦想，但是也有一些年轻人会向我提出一些让我哭笑不得的"梦想"。比如"我想去看×××的演唱会，需要两张门票""我想要开一家服装店"。

这些应该算是要求，而不是梦想。梦想不是去看一场演唱会，不是去吃一顿大餐，梦想是能够成为你人生的追求的一种理想，总不能说在看了×××的一场演唱会之后，你的人生就能达到什么升华了，这是不可能的。

面对这样的要求，我当然不会用基金去支持，因为这些都不属于"美沫梦想基金"支持的范围内,而且这些要求都应该是靠着自己的努力去实现的,而不是去求助于别人施以援手,我觉得这不是想要实现梦想,而只是想要满足自己的一个小小的欲望。

梦想是可以倾尽一生时间和精力去追寻的,但欲望却是永远也难以填满的。后来因为公司方面,还有个人的原因,这个梦想基金没有继续做下去,但是,这并不妨碍我对怀有梦想的年轻人的支持和欣赏,因为我就是靠着内心对梦想的执着,才一步一步坚持走到今天的,而且还会走得更远。来公司应聘的许多年轻人,只要我觉得他们对梦想实现的渴望特别强烈,也愿意为此付出自己最大的努力,那我就会和他们一起朝着梦想前行,我觉得我们是同伴,是能够相互理解、相互扶持的同伴。

我自己对人对事是很有原则的,我不会因为有人说几句好话就放弃自己的原则。在我看来,什么事情该是自己做的,就一定要自己去完成,想要在困难的时候寻求帮助不是不可以,但是也要分实际情况,总不能你一点努力都不付出,却想要拥有那些成天在辛苦工作的人拥有的那些大房子、好汽车。

还有一些人,他们明明自己不愿意付出努力,却总是在寻求机会,希望能够得到一些不用付出就能收到的回报。我有时会听到有人说这样的话:"不就跟你借这点钱吗?你那么有钱还这么小气?"他们总是主观臆断地随便去评判别人,他们羡慕别人拥有的,想要拥有和别人一样的东西,但是他们却总是不想凭借自己的努力和本事去获得,而只是想去不费力气地索取。

当他们遭到拒绝之后，他们就会感到愤怒，用奇怪的逻辑来质疑这个世界，就好像故事中的那个小男孩，他被远亲接到了城市里读小学，心里本应该是充满感恩的，他应该想的是自己要抓住这个难得的机会，好好学习，好争取将来像自己的这位远亲一样，留在城市里，把乡下的父母接过来。

但是，这个小男孩却只是看到了自己这个远亲住的大房子，开的好车，他觉得生活为什么这么不公平，自己和自己的父母一直在泥泞的乡间小路上劳作，过着粗糙的生活，他会将这种情绪转化为消极的负面情绪，这种负能量的情绪对他的成长一点帮助都没有，反而会让他陷入困境的泥潭中无法走出。

在做任何事情之前，心态真的很重要，就好像我开车出门办事，遇到堵车的时候，总能看到几个"路怒症"很严重的司机，特别焦躁地按喇叭，按下车窗大骂，拼命地想要并线，这对拥堵的路段只会堵上加堵。我们每个人在人生的路上前行，就好像开在马路上的汽车一样，有的车好一些，有的车差一些，有的车开得快一些，有的车开得慢一些，有的车遵守交通规则，有的车总想插空子。

不管怎么样，我们都会行驶过这条路段，开向更远的地方。可是偏偏有的人就看不到远方的路，只看得到眼前，"开好车还跟我抢路，讲不讲理？""两辆车撞了，你开那么好的车还要我赔的这点钱吗？"

真的不需要这么愤怒，不需要这么不讲道理，这个世界不欠你的。如果说这个世界是不公平的，每个人无法选择自己的出生，那也可以说这个世界是公平的，它分配了同样的时间在每个人身上，就看人们会不会利用了。

我不会炫耀我的生活，我觉得没什么好炫耀的，因为那都只是我生活的一部分，就好像吃饺子需要醋一样，没什么好炫耀的。如果一定说要我炫耀什么的话，我会炫耀我能够有能力带着我的亲人和朋友去旅游度假，我能够给我爱的人买他们喜欢的东西，我能够在面对质疑的时候坚定回应自己的一切都是自己努力的结果，问心无愧。

一个人的自信是来自内心，面对那些对我不满的声音，我只想说不论是华美的，还是素雅的，我的生活都是由我自己做主，一个人如果没有一个实实在在的能力，没有一颗强大的内心，就算套在精美的包装袋里，也只是一个绣花枕头，没有人会去尊重一个绣花枕头，内在的强大才是更重要的。

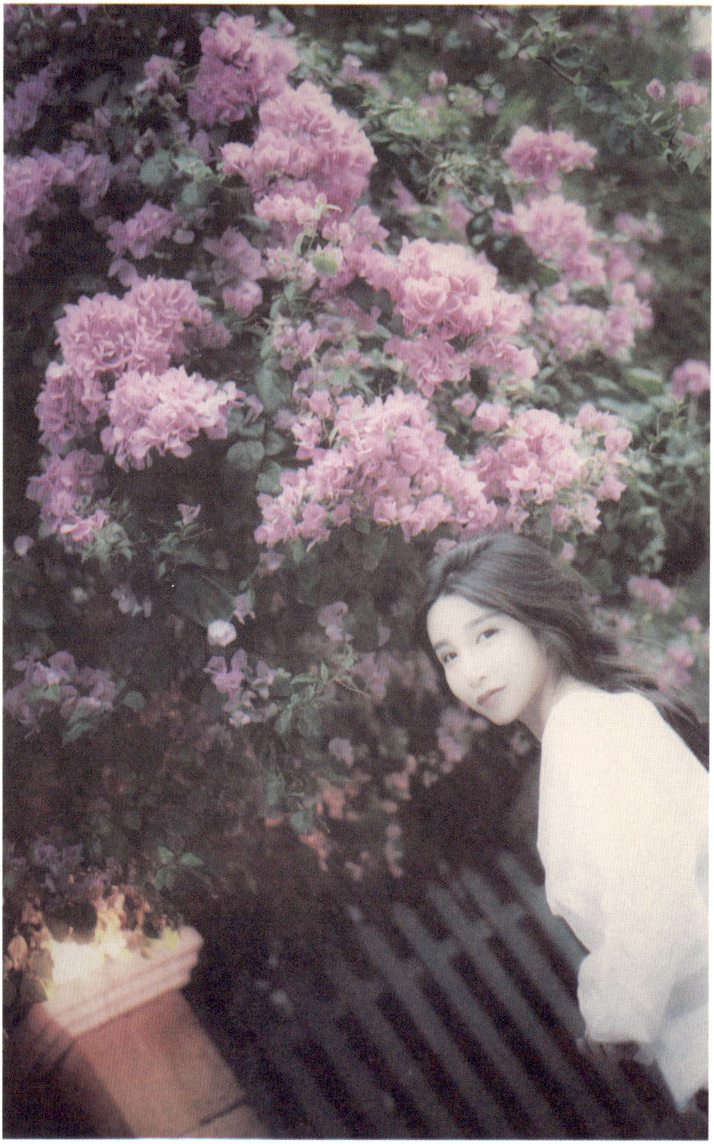

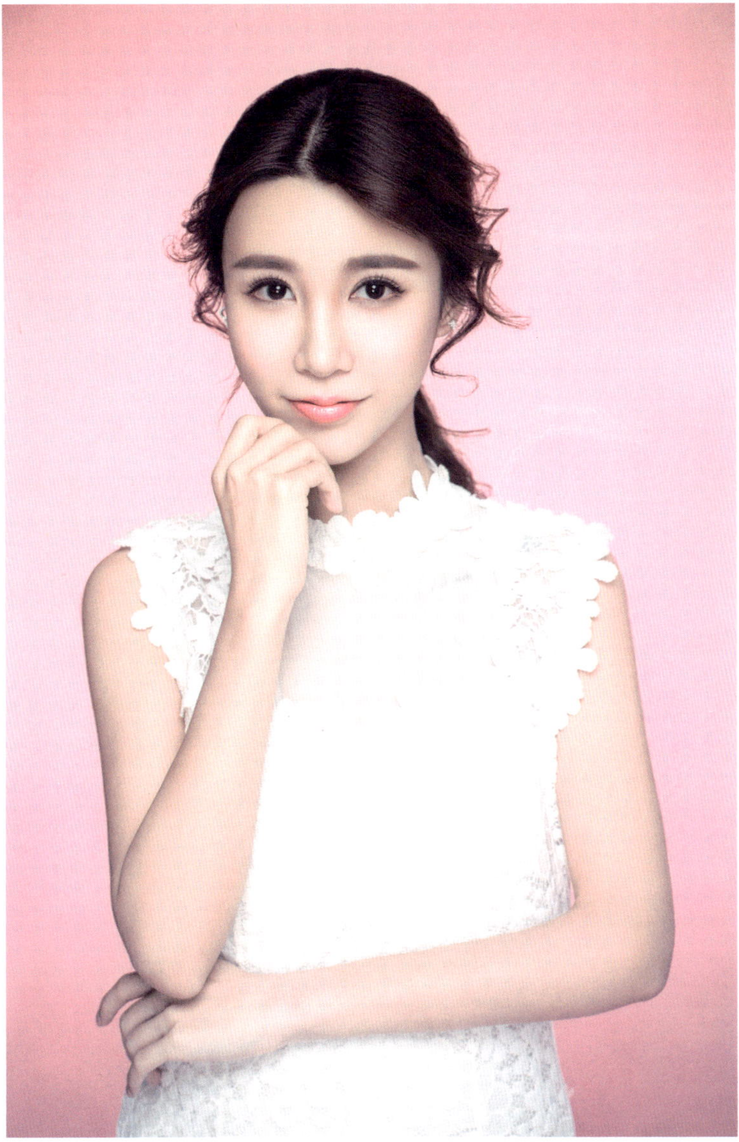

日常TALK ——一个人有价值很重要

作为一名网络红人（简称网红），其实我很不乐意接受这个标签，一直从心底里是抗拒的，因为这个标签很容易把人模板化。许多人一提起网红，首先想到的就是靠脸吃饭、每天就是穿着打扮……其实并不是这样的，这是人们对这个群体的一个误读。网络红人自从网络兴起后，慢慢在网络上活跃起来，只是网红这个概念，是这两年才被大家普遍认识到的，客观地讲，许多人对网红的看法并不算太好，有些偏激，一说起我是个网红，许多人连我到底是做什么的都不了解，就开始戴着有色眼镜看我，这让我感到很不舒服。

我记得在前两年，我和别人开玩笑说我是网红的时候，脑袋上总是扣着一个"low"和"炫富花瓶"的字眼，结果大概到了2015年年底，网红时代好像变了，越来越多的大型活动会邀请网红参加，更多的杂志愿意采访网红，很多媒体喜欢和网红合作，甚至连明星都找网红做女朋友了，现在到处都充斥着网红的字眼。

到现在我也会觉得网红越来越多，或者说内容越来越多，我完全看不过来，而且充满了商业气息。确实，现在的网红不再和以前一样了。

几年前我刚开始玩微博，在校内的那个时候，还没有网红这个说法，我的简单想法就是，我可以拍拍照，别人给我点点赞，我就虚荣得不得了，上天了。之后呢，是慢慢开始做了自己的小生意，会把自己一些小窍门或者小歪理邪说分享出来，结果人传人，有转发也有一些小曝光，人气也慢慢开始上来了，而我从0粉丝到50万粉丝用了四年的时间……

但是现在呢，只要有点颜，简单运作一下粉丝就可以上几十万，时代真的不一样了。

有一次，有个朋友和我提议说："沫凡，你录了那么多的教程，不如录一个教大家如何变成网络红人的教程。"我觉得这个点子挺不错的，但是我录了视频，发到网上去之后，许多网友连视频内容都没有看，就在评论中质疑我，指责我。我觉得这就是网红这个标签带给我的一些无法躲避的东西，但是我也不会去躲避，我希望能够让那些总是质疑我、否定我的人明白，我并不是因为成了网红，才把产品卖出去的，而是因为我在网上卖产品，才逐渐有了一点小小的名气的。

许多人就是这样，站在自己的角度，自以为很了解别人，自以为是地随便去谴责、批评别人。其实，他们根本不知道别人的生活是怎么样的，更无法对别人的酸甜苦辣感同身受，我觉得这样怎么能够去轻易地指责我呢，我有着怎么样的生活，走什么样子的道路，是旁人永远无法真正了解的，因为他们从未曾真正经历我所经历的一切，他们无法体会我所体会的一切。

我是一名网络红人，但是我并不靠脸吃饭，我也不指望靠我的脸吃饭，大家每天盯着你的脸看有什么意思呢？而且每个人的审美观点不一样，有的人觉得我好看，有的人觉得我长得不好看，我曾经还被有的网友称为"最丑网红"，我觉得这些都不是什么重要的事情，我本来也没打算靠颜值的。

我觉得一个人有什么样的价值很重要，我平时喜欢录一些教程，就是因为我希望自己能够成为一个对大家有用的人、有价值的人。这些教程视频有的很短，可能大家看起来会觉得并没有什么，但是里面的内容都是下了很大的功夫去研究，我会尽量保证拍出来的内容都是对大家有用的。我写的一些教程文章，一篇大概也就是两三千字，或者只有几百字，但是这些"干货"都是我问了许许多多很专业的人，修改了无数遍，查了无数资料之后写出来的。

我做这些就是希望能够发挥自己的价值，与其晒颜值，不如晒价值。

所以，我给想要成为网红的人一个很贴切的忠告，那就是如果你真的想成为一名网红，那就不如去做一些很实际、对别人很有用的事情，只有发挥了你自己的价值，你才会成功引起别人的注意。不然，如果你只是想要凭借一些炒作、一些新闻就引起关注，那也只会是短暂的一时的，不会长久的。

想要长期停留在人们的视线中，那一定要有拿得出手的好技能，能随时随地地秀他们一脸，这样你的网红之路才能走得更久。就拿我自己来做例子吧，说句实在话，我觉得我长得还算秀色可餐吧，但如果论起倾国倾城来，那的确是还有一段小小的距离，所以，我就美貌不够，智商凑。

身材、脸蛋是爹生妈给的，就算后天可以捯饬、锻炼，那也是无法改变太多的，就好像我这样子的，再怎么健身，也不可能健身出一米八的大长腿来，这是没办法去扭转的，但是后天可以努力的是头脑，是智慧，是才识。我在微博上发布的教程对许多人适用，他们看了我的教程，改善了自己，我帮助了他们，这就是我的价值，而也正因为我有这样的价值，所以我总是被人们所需要的。我才一直被大家所关注着，有时候我还会发一些搞笑逗乐的视频，大家看过之后觉得很有趣，给他们的生活增添了一丝乐趣，这也是我的价值所在，我给他们带来了欢乐。

在网络之外，我有我自己的工作和事业，我会为了提升自己品牌的品质，让女孩子能够用上更好的护肤产品，跑许多个国家去考察工厂、原材料产地，我觉得在做这些事情的时候，我的个人价值就发挥了出来，因为这些事情，我能够在不断地精益求精的过程中，做得越来越好。如果让我换一种人生，让我每天待在一个无所事事的单位里上班,每天喝喝茶,发发呆,那我肯定没那么多人关注,因为我对于他们来说没什么价值,我就是一个成天混日子,打发时间的人而已。

想要做一个网红也是需要拼实力的,这份实力就需要你自己修炼了。不然光凭容貌和身材去做网红,在这条道路上是走不了多远的。比如说你今天穿了一件领口开得比较低的衣服录视频,就会有人跳出来说你怎么领子这么低,这么低俗;那如果你改天换一件普通的衬衣或者短袖的话,又会有人跳出来说穿得这么土,身材这么一般还露什么脸。如果你化了妆,会有人说打扮得那么风骚干什么;如果你素颜的话,也会有人说你是在玩心计,显摆自己皮肤好。如果你被骂了,想要道歉的话,会有人说你虚伪、不真实;如果你还嘴了,和骂你的人争执了,就会有人说你小心眼儿,没气度……

面对这些质疑和争议的时候,如果你只是靠脸或者靠身材的话,那就无力回击,只能任凭自己像花瓶里的花一样被人随意点评,但是当你有了自身的价值,这一切就变得不一样了。我之前努力练好身材的时候,常常会在微博上发教程,一开始会有一些人在下面评论说我身材不好,说我有许多缺点,但是我会把这些意见当成是我进步的一个动力,我会坚持锻炼,将自己的每一点进步、每一点变化都分享在微博上,时间久了,就会收到许多正能量的鼓励和评论。

而且,我写下的减肥教程都是我自己亲身实践过后总结出来的，不是从网上随便摘抄几段放上去的，都很有实用性。在我的带动下，许多想要变得身材更好的女孩子也加入了健身行列，她们坚持不下去的时候，会@我诉苦，我会在微博上给她们鼓劲，会和她们一起在心里打气。还有许多身材发生了改变，变得更加好的女孩子，会把她们健身后的照片@我，让我看，我也会很替她们高兴，也为自己高兴，因为在我的带动下，女孩子们在变美这条路上坚持了下来。

现在，我在网上虽然还是避免不了争议，但我能看到更多的与我站在一起的粉丝，看到她们在微博上分享用了美沫的产品之后，皮肤变得越来越好；看到她们学习了我发布的教程之后，整个人变得更自信，更有正能量了。每当我看到这些的时候，我内心都是很欣慰的，我觉得自己的价值得到了体现。

其实，你不可能得到所有人的认可，有的时候，人站得越高，被关注得越多，受到的质疑和不真实的评论也就越多，这是没有办法去改变的事情。我能做的就是尽量地把自己应该做的去做得更好，用自己的每一点进步去回应那些质疑声：我并不是你们说的那样。

[086 ...

087

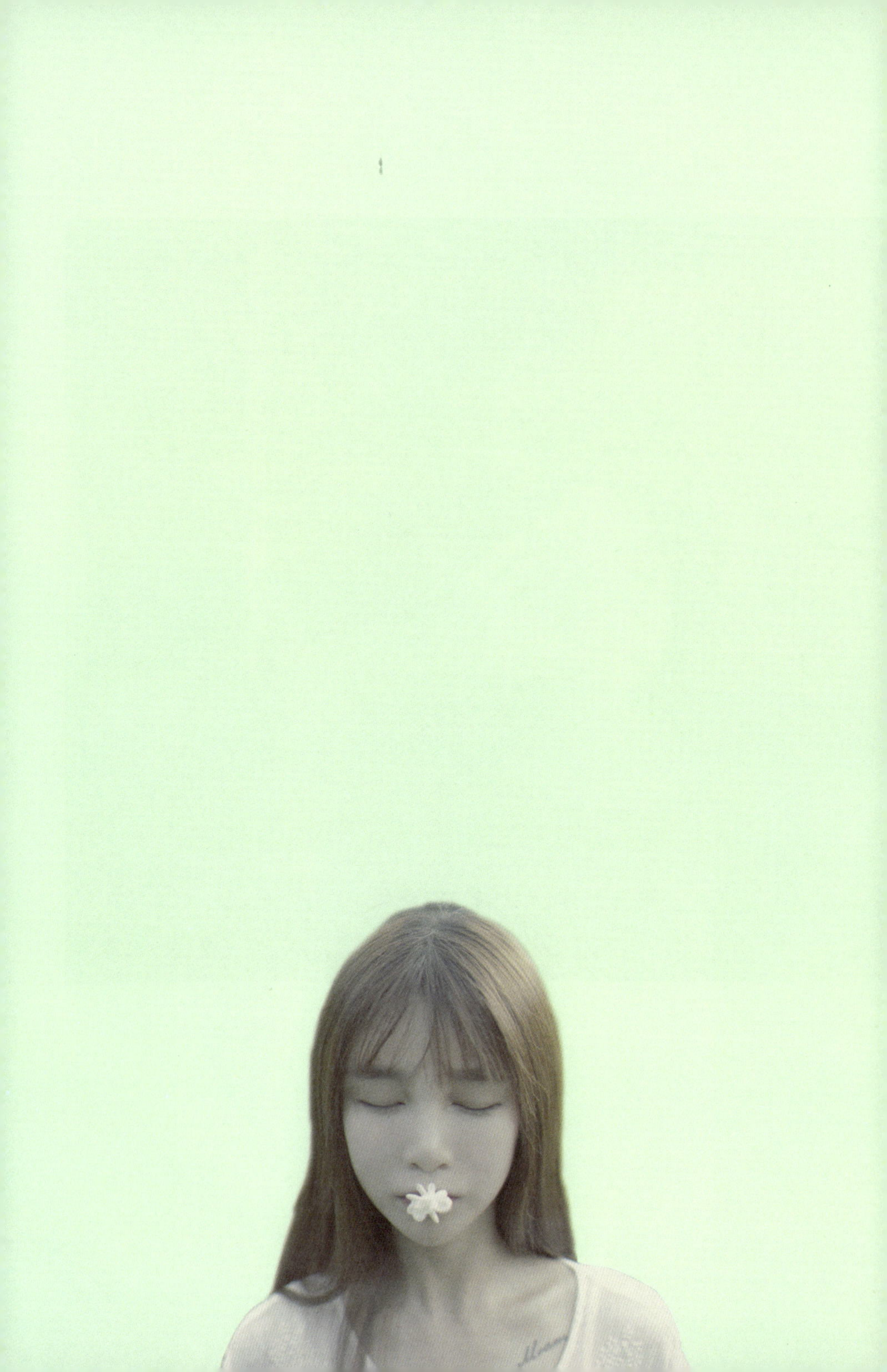

Chapter 4
没有一种捷径是免费午餐

靠知识说话而不是靠脸蛋活着。内在的力量可以让一个人无比强大。

其实羡慕别人是正常的,不过同时自己只要努力、勤奋去超越你羡慕的目标才更有成就感,因妒忌而扭曲思想和道德观,那就会永远只有嫉妒的命。

努力的意义只有在你真的努力过后才知道

我现在有自己的公司，每天为各种事情忙得团团转，要操心很多人和事，我必须让自己脑子里的那根弦保持紧绷，我做的每一个决定都不只是关系到我自己，还关系到公司，还有许多人，所以我展现得更多的是我成熟冷静的一面。但其实我并不是一个无所不能的女强人，我和每个小女孩一样，有任性的时候，撒娇的时候，扛不下去哭鼻子的时候，也会聊八卦，喜欢吃零食……

把自己变强的原因其实很简单，那就是在你需要软弱的时候可以软弱，因为你足够强大，能够自我疗愈。这些都是在芳疗的学习过程中明白的道理，让我觉得人生会变得更踏实，更美好的道理。

最初接触精油的时候，完全是浑浑噩噩的，对精油一点也不了解，只是因为自己爱臭美，想瘦腿。当时在澳大利亚生活的那个圈子里，有许多漂亮、身材好的女生，我虽然不算胖，可就是对自己的身材自信不起来，想要变得更好一些。

于是，在一个巧合下，我被一个朋友带去了一家美容院尝试精油按摩，一开始只是盲目地抱着试一试的心态，没想到按着按着，感觉自己真的瘦了，这才发现了精油的神奇，想要去了解它，慢慢地发现了大自然的神奇之处。

然后慢慢地就开始学起了精油，接触芳香疗法，我最开始学习的是英系芳疗，英系芳疗是很注重能量和心灵层面的，而我那个时候就是一个戴着颜色美瞳，画着大浓妆，染着黄毛的孩子，芳疗老师对我是各种看不上，认为我这样的能和大自然有什么灵魂层面的联系呢。

芳疗老师对我不看好是一方面，很多网友也会议论我，他们认为我并不是专业的，我的芳疗证书都是花钱买来的，他们认为我介绍所谓的芳疗不过是为了推销我的产品，为了赚钱。一开始听到这些议论，看到一些对我有争议的网友发的评论，我特别伤心，常常为了那些闲言碎语偷偷抹眼泪。

但我其实除了偷偷哭泣以外，背地里会更加地努力，我要证明给所有怀疑我、不相信我的人看，我做的一切都是缘于我对芳疗的热爱，而我最终也会成为一名好的芳疗师。别人轻视我，或者不看我都没有关系，这都是我努力的动力，总有一天，我会让他们对我做出的成绩心服口服的。

说起来也有一点好笑，我上初中的时候，老师和家人看我每天打扮得张张扬扬的,就会认为我的心思只放在打扮上,没放在学习上。在我进行芳疗学习的时候,还是会有人这么想我,认为我不过就是一个消磨时间,随便找点事情给自己贴金的富二代,他们并不会认可我在芳疗学习上付出的时间和努力。

努力这件事情很重要,因为你在努力的时候所流下的汗水通常都是不被外人所知道的,别人看到的只是你的结果而已,过程的艰辛只能是自己消化掉。常常会有人向我咨询如何把网店开得风生水起,如何提高业绩,如何做到我这个样子……

我其实很想告诉他们,我就算说再多也没有用,那些都是我的经验,无法转化为他们的经验,经验这个东西,从来都是只能参考,无法将它想得过于神奇。想要做出成绩的办法其实很简单,那就是付出行动。这些年我每天的生活都会安排得很紧凑,每天至少看两个小时的专业类、管理类的书籍,每天都要抽出时间学习语言,不会花大量的时间去看消磨时间的电视剧,我会把一天24个小时划分得很详细,利用一切可以利用的时间去做对我的生活和工作有意义的事情。

如果一定要说我是成功的,那我只能说在努力这方面,我的确是成功地做到了每天都努力一点点,提升一点点。成功就像是一棵大树,从来不是一天就能长成参天那么高的,如果在它还是一颗种子的时候,你不去好好地呵护它,栽培它,这颗种子就不会发芽,不会破土而出,更不会成为日后为你遮风挡雨的茁壮大树了。

在芳疗这个领域，我不停地学习，不停地考试拿证书，有人质疑我拿那些证书是为了嘚瑟，为了显摆，其实真的不是，我只是在享受我努力的结果，对于芳疗师这个职业，我上过无数的专论课，随着学习的深入，我更加觉得自己在这方面知识的匮乏，更想要用更多的时间去学习。

要对自己的梦想负责，要对自己曾经许下的关于未来的承诺负责，唯有不断学习，不断提升才能不负众望，唯有付出努力才能不被超越，用真知识来充实的自己是谁也无法比的。我们每个人都有自己的起跑线，但是就算在不同起跑线上那又怎么样呢，再好的起跑线，也总会被努力的人超越。事业如此，学业也是，爱情也是。万事万物总会被用心的人打动！万事万物都没有不努力的道理！最怕的就是，明明比你强，而你还不努力！最怕的就是，原本的高起点，却被自己遗忘而得意忘形！

在芳疗的领域，我一直到现在也是保持谦卑的学习态度，只要有时间就会去钻研，我从来不会说自己在这方面有多资深，有多么的经验丰富，我只会抱着学习和分享的态度，将我在芳疗领域学习到的知识与喜欢这个专业的人共享。

可以说是因为自己的职业关系，每天都在接触这方面的内容，我常常能够接触到个案，就拿甜杏仁来做例子，每一个芳疗师都会说，甜杏仁是一种温和的植物油，它有什么样子的成分，有怎样的功效。

但是在我这里，甜杏仁的产品已经销售了数十万瓶之多，我们公司的芳疗师手里至少有几百个个案，我觉得这是我在芳疗学习上幸运的一点，我会把店里有售出的产品做配方总结，做个案分析。从我学习芳疗到今天，不算那些配方成品，就是订制我就写过几百份了，这个应该是一些并没有从事这个行业的人所无法接触和整理的。

有时候我说我善于做笔记和分析，有人不相信，他们不知道我这个技能正是从这些年我不断地学习中练出来的。每一个人都有自己擅长的领域，如何在这个领域内始终保持遥遥领先，我想秘诀就只有一个：恒心。

我也常常和我的员工分享我的心得，每次开会的时候，我都会和他们讲：你们做的事情有没有目的，有没有意义。如果没有意义，没有目的的事情，我们为什么要浪费时间去做呢？当然除了放松，放松也可以算作是一种目的，放松之后，会让工作更加有效率。

想要努力，但一定不要瞎努力，没有目的地努力，一定要朝着自己明晰的目的去努力。我曾经背单词背到夜里4点钟，然后第二天早上8点钟继续开始学习，曾经连着十天一边上课，一边工作，为了两不耽误，试着72小时不睡觉，也曾经一边生病，一边上课复习，打着点滴的时候还要温书学习。

所以，我最终有了自己丰厚的收获，这些收获在别人眼中似乎是轻轻松松得来的，但只有我知道在过去的那些个日日夜夜，我是付出了怎样的艰辛和努力，才有了手中这些成绩。

我是一个行动力很强的人，虽然偶尔会粗心，但是总的来说我做事情的效率是挺高的，因为我特别不喜欢浪费时间，会觉得心里很不舒服。这也就是我为什么读书、学习都会做大量的笔记，因为这样我可以把每本书的重点整理出来，复习的时候能够节省大量的时间。

平时在工作的间隙，我就会挤出时间学习英语，在车上，或者吃饭的时候，背背单词，练一练口语。真的是感觉浪费一分钟都想要去死，所以我就很不理解那种每天慢慢悠悠，对自己没有规划，做事情慢一拍的人，不明白那些每天拿着手机玩游戏，或者发呆、看剧度日的人，他们到底是怎么想的，明明嘴巴里喊着时间不够用，要努力，要发奋的，但实际行动上却永远是拖拖拉拉。

有时候看不清自己方向的时候，就想想，其实每一个人都有背后的那段艰辛，总是给自己找借口而不去努力，或者把别人天生的资质当作自己不努力的借口，却不知道别人也是一路艰辛地爬上来的。

成长不就是一步一个脚印，不断地摔倒，再不断地爬起来这样一个过程吗？

有的时候努力的意义在你努力之前,是完全无法真正体会的,只有真的努力之后,你才能知道努力带给你的到底是什么。

懒惰的自己,拖拉的自己,气馁的自己,我们其实都年轻,但是年轻不是借口,不是浪费时间不去努力的理由,不是重新再来的理由,不是可以任意妄为的理由。所以我珍惜我的每一段时间,我也会通过总结每一件发生的事情,从而成就自己。

生活是最好的修行

有本书是《把时间当作朋友》，我记得里面有句话是："有些认识，哪怕是简单的常识，也需要亲身经历后才能真正体会。"我挺认同这句话的，不断地经历生活，才能更深刻地理解生活。我小的时候毛毛躁躁，整天调皮，在家里人的羽翼下不知道外面的世界有多大，有多辛苦，在我长大了之后，我独自一人应对生活向我砸过来的各种难题，我反倒变得越来越沉静了。

尤其是在接触了精油以后，带给我很大的改变。让我渐渐改掉了以前浮躁的心态，学着慢慢让自己沉静下来，以前没有接触精油的时候，认为精油就是一种美容产品，但是当我真正投入进去，深入了解之后，我发现精油的世界是一个很神奇的世界。

精油是从植物的花、叶、茎、根或果实中，通过水蒸气蒸馏法、挤压法、冷浸法或溶剂提取法提炼萃取的挥发性芳香物质。精油是大自然的精灵，能够作用于人的身、心、灵三方面的，小到护肤保湿、祛痘美白，大到调养身体的疾病，还可以调解一些心理的压力，在这方面我是有切身体会的。

我曾经得过多囊卵巢综合征，说起最终引起多囊卵巢综合征的原因，大概可以追溯到高中时代，在澳大利亚留学期间的生活非常不规律，那个时候，经常是熬夜、通宵、饮食不均衡，所以搞得自己身体处于了亚健康状态。

几年后回到中国上大学期间，因为离开了父母独自居住，所以生活还是比较混乱，没有正常的作息时间，加上那时候抽烟、熬夜、有时候还出去喝喝酒（虽然一杯倒）、学习压力等，导致身体变得更差，之后又因为日夜颠倒的生活以及巨大的生活压力直接压在我的身上，导致身体免疫系统失衡。

前期的征兆就是经常会有妇科疾病，直到有一天果不其然，内分泌出现了问题，月经开始不准了，那大概是在2010年6月的时候，第一次一来就是20多天不停，我特别忧虑，赶紧去了医院检查，医生开了一些止血的药物给我，我连续吃了两周不见好。

之后我又再次去医院检查，那一次做了激素六项检查后，医生竟给我开了我这辈子都没吃过的避孕药，一吃就要吃三个月，本来是不想吃的，但是我妈说我可以吃的，而且我也想早点把病治疗好，就开始吃药，吃药的过程中，身体上并没有什么太大的改观，也没觉得有什么好转。

就这样大概吃了两个多月之后，我开始出现了强烈的副作用，我每天都能感到胃部特别不舒服，情绪也很不稳定，稍有动静，我就会失控。这些不良的反应一直困扰着我，坚持吃药吃到第三个月后，我去医院复查，激素指数已经正常了。

但是，没过两个月，又开始不正常了，我的多囊卵巢综合征的症状表现为月经不停，总是流棕红色的血，量很少，让我每天的心情都处于烦躁之中，很不轻松。那段时间我对自己的病情并没有太过重视，大部分的时间依然用在处理工作上，总想着过几天就会自己痊愈的吧。

就这样一拖就拖了几个月，到了春节的时候，终于有了点空闲时间，我决定再去医院检查一下，就约了北京一家不错的公立医院的专家，没想到专家依旧开避孕药，这让我不知道该怎么办才好，吃药只是治标不治本，而且会让我觉得我的身体受到了损害。虽然不情愿，但是也没有更好的办法，只好继续吃药治疗。

正巧那段时间，我在学习芳疗的时候认识了一位医科大学博士，博士告诉我说我这种问题可能是青春期还未过去而导致的内分泌失调，叫我不要管，还让我停止吃避孕药。听了这位专家的话，我停止了吃药。

停止吃药后，又过去几个月的时间，病情并不见好转，于是我又去了北京一家中医院，那一次B超检查已经是确定多囊了，之前B超都没有问题，只是激素的问题，开了几副中药，我回家后又吃了一个月的苦药汤，但是依然没有效果。

久病成医，因为这两年的时间，我四处咨询，自己都快成专家了，考虑再三，我决定自己给自己用精油调理，我用芳香疗法处理我的多囊以及维护身体的方式大概是这样几个：

一、我会把自己的面部用油、平时的精油香水以及身体油全部加入有调节内分泌作用的成分，在不知不觉中在这种香气中潜移默化地改善。

二、专门使用内分泌精油，有增强子宫卵巢功能的功效，同时也可以调节女性内分泌，舒缓压力。使用方法就是每天晚上按摩腹部3~5分钟而已。有的时候出去做SPA会自己带上。公开一下全部配方：贞洁树、黄玉兰、天竺葵、茴香、穗甘松、快乐鼠尾草、月见草、石榴籽、荷荷巴油。

三、调节分泌的纯露口服，每天坚持10ml，用21天停1周，连续口服。我用纯露的方式并非倒在水里，因为我不太喜欢那个味道，所以我会加蜂蜜或者加在花草茶或者汤里，纯露里的成分含有玫瑰、贞洁树、西洋蓍草、快乐鼠尾草、茴香、晚香玉。

四、自己注意早睡和规律的饮食，保持健康的生活习惯。

就这样调理了几个月，我的身体终于恢复了正常，一直到现在依然很健康。正如一次芳疗研讨会所说，芳香疗法的应用与方向，并无法用科学方法完全解释和证实，我们只能通过大量的个案和临床实践去积攒经验和分享。

有时候精油调节并不仅仅是调理了身体，最重要的是改变了心态，改变了我们的态度和想法。很多疾病背后都有它的"情绪面"，有时候我们身体就是心灵的一面镜子，在生病的时候也应该审视自己的内心，是否真的爱自己的身体了，是否真的珍惜自己了，是否听从自己内心的声音了，这都很重要。说句不像自己年纪的话，人生就一次，应该追逐内心的声音。

精油、芳疗有可能是对我一生的改变。精油给我们带来的不仅仅是皮肤的美丽或者身体的健康，更重要的是健康的人格和健康的心理。自然是永远不会伤害我们的，植物永远都会静静地奉献自己的生命，感谢自然，相信更多人可以慢慢感受到自然给我们带来的无穷力量，更多人愿意相信自然，遵循自然界的规律，而不是追求速效反而伤害身心。

生活真的是一场修行，在这场修行中，我们都会慢慢成为最好的自己，因为上帝对每一个人都是公平的，上帝一定让你经历的每一件事情都是有意义的，都是可以增长经验的，最终把我们修炼成一个更好的人。

生病这件事虽然让我吃了不少苦头，不论是身体上还是精神上，在那两年过得的确比较辛苦，但我也是通过这场疾病，认识到了芳疗和精油的神奇。而且在我用精油为自己调理身体的时候，我的性格上的一些缺陷也在悄然发生着变化，我把自己慢慢磨平，把身上的刺一根一根拔掉了，有的时候我会觉得之前一些人抹黑我，我那么生气其实完全没必要，我渐渐试着接受别人的批评，不管是善意的还是恶意的，慢慢地消化这些负面的能量，尽量地去理解每一个人的作为。

我和芳香疗法的缘分很深，它给我带来的不仅仅是财富、知识、心态、性格的改变！最重要的是因为它让我的生命变得更精彩，因为它让我有一颗为了梦想不去停歇的心，因为它让我对生活有了更深层次的了解和认识。

　　学习了芳疗，知道了包容与理解很重要，无论对方是善良还是恶意，首先要学会原谅和治愈。这并不是陈词滥调的心灵鸡汤，而是教会我们从另一个角度去看待世界，因为有时你会发现，变换一个角度看世界，真的很美好。

抱有爱和希望而不是贪婪的期望

学习芳疗的过程中，我读了许多相关的书籍，其中《爱、自由与疗愈》这本出自巴赫医生的人生哲学书给了我太多的启示，可以说读完这本书，治疗师的自我疗愈就已经开启了，至少对于我来说是这样的。

我是通过花精治疗师认证学习才接触到这本书的，但是这本书的很多思想，不仅仅是适用于花精治疗师，也适用于任何治疗师，任何想去疗愈他人的人，任何想要自我疗愈的个体。

我并不建议盲目学习自然疗法，因为任何自然疗法你要先学会感受，先学会爱，再去学习理论，你才能感受自然的力量，体会个案的心理，激发自己真正的神性。

如果你想学芳香疗法了，想学花精了，请不要为了功效去接触，不要带有期望或者要求自然界必须回报给你什么，而是学会去感受，去听内在的感受，去用你的爱、你的能量运用自然界的一切。因为只有你是纯净的,你是带有爱的,自然界才会回报于你。虽然我刚开始接触也是为了功效,而慢慢地我会去更注重感受,我学会了感恩,悟到了什么是自然疗法的精髓,这不是书上能教会你的。

《爱、自由与疗愈》这本书是每一个想从事自然疗法的人都应该去读的,并不是仅局限于花精治疗师。这本书可以分为三部分:自我疗愈、人因自己而受苦、让自己自由。巴赫医生的文字很多地方让我感动、让我震撼、让我真真切切地感受到他无限的能量。

巴赫医生在书中有一句让我印象最深刻的话,是最后一页的最后一句话:And may we ever give thanks to god Who, in his love for us, placed the herbs in the fields for our healing(翻译:最后,让我们一起感谢上帝,感谢他在原野中创造了这些具有疗愈能力的花草,这是他的赐福)。

读完这句话的时候我哭了,巴赫医生的这句话真的像一把钥匙扭开了我心里的一扇门。感动我的是那些具有疗愈能力的花草,无论是精油、花精。这些自然界的植物,都是在我们需要帮助的时候帮助我们,而在我们不需要帮助的时候也默默释放着自己的能量去让世界更精彩,甚至在我们践踏、毁坏它们的时候,它们依旧不会反抗,不会有怨言,不会反过来伤害我们,而是默默地承受这一切,静静地等待轮回。

有共鸣的是,这就好像治疗师本身(也像是巴赫医生所说的真正健全的人格），大多学自然疗法的芳疗师或者灵修者，都如花草般善良，在需要帮助的时候伸出援手，无能为力的时候给予安慰，被反驳或者欺负的时候也会包容和理解。他们抱有希望，抱有感恩，带着光明和自然、宇宙的能量，去感化身边的邪恶和黑暗。路途是辛苦的，是心酸的，但是治疗师总是能坚强地站起来，真是应了那句话：野火烧不尽，春风吹又生。

我就想通过这一感受去延续这一本书的读后感。我记忆深刻给我很多启示的内容有：

一、对于巴赫医生的那个观点"疾病是心灵与心智的不合"我也是很赞同的，但是一般生活在当今这个紧张忙碌浮躁的社会中的人们，或许是体会不到的，所以我们可以从生理的角度去换个角度理解这句话。

1.当我们情绪失调的时候，我们的掌管情绪的边缘系统也同样会影响我们的内分泌总指挥官——下视丘，当全身激素不正常、不和谐的时候，我们自然会产生疾病。

2.神经传导物质是细胞与细胞之间沟通的语言，当神经传导物质释放过低的时候，我们不但会感觉到不快活，忧郁，同时细胞与细胞之间无法沟通。也就是说，当我们身体某一方面不和谐时，免疫细胞不能及时跑过去作战，从而引起身体上的种种问题并难以痊愈。

3."腹部脑"又称为我们的第二大脑，这里同样也掌管了很多情绪，也有很多神经传导物质的受体，所以当我们情绪受到影响时，肠胃问题也会显现出来。所以说，保持一个良好心情才能有一个健康的身体，才能有一个健康的皮肤，而保持良好心情的前提是我们要有一个正向的人格。

二、第二点让我有深深印象的是巴赫医生爱的理论。其实我是一个没有宗教信仰的人，但是我尊重每一个宗教，我更相信因果报应，也就是巴赫医生所说的"一致性"，我想把爱的定律与一致性挪到一起来说。

先从我个人的感觉说起，因为作为一个大陆新新行业的从事者——芳疗师，在这个过程中，会遇到很多质疑，很多不满，很多恶语相击。但是作为一名疗愈者首先要理解每一个人，要去用大爱原谅每一个人，无论他是善或恶，即使恶语相击，也应当给予全部的爱，去原谅和治愈。任何一份爱和付出因为宇宙的一致性都会回归到自己的身上。

所以用多一分的爱去对待这个世界，对任何一个带有负面人格的人宽容与理解，不仅仅是对自己灵魂的提升，也是给整体的宇宙一份爱的回馈。这种爱的回馈也总会有一天照射到自己身上。同样，以一致性的思想来说，对于残酷、自私自利、妒忌、恨这种负向人格，也会阻碍个人的灵魂进化，同样更会因为一致性反射到自己身上，造成疾病。

爱是宇宙万物的基础，每个生命体中都会有一些良善，治疗师应当发掘每一个人的良善。并且以诚恳和友爱的态度去感化、指引他们。有一句话，深深打动了我，"透过寻求彼此的良善，即便是那些曾经伤害过我们的人,至少也能让我们发展出一些同情心"。

最终的胜利将是用爱与善来获得的,而不是抵抗。以爱消除仇恨,以同情心消除残酷,以勇气消除恐惧。以光明取代黑暗,以正常取代错误,以良善代替罪恶。真正的疗愈,是以爱为源头而开始的。

三、给自己自由,相信自己,启动自我疗愈。因为从事芳疗师的行业,所以会接触到很多个案,大多的个案都是非常急躁而伴有极大的期望的,并且也有极大的依赖性。

人应当学会自我疗愈,每一个人都有自我疗愈的系统,治疗师的确可以给出正确的建议和方向,但是当一个人完全依赖他人,抱有极大期望的时候,这种情绪也会影响到整个治疗。

自由也是很重要的一部分,我认为对于书上那些追寻高我的指示,或者跟着灵魂的指引走,对于当今这个唯物主义的社会来说,有些让人无法诠释。但是从另一个角度来讲,自由的重要性也与我们的健康息息相关,有了自由才有了快乐,给自己自由的同时学会给他人自由,包括自由的言论,自由的行为,自由的选择。

这个自由也意味着放下,当自由言论或行为中出现了伤害的行为,我们要放下,因为这是他人的自由,我们更不应该对他人有期望,期望就是贪婪,我们也没有权力干涉他人的自由,干涉就是束缚,更没有权力把自己的期望和思想加压到别人身上,这也是一种自由的理解。你束缚压迫和期待也会因为一致性返回到自己身上，造成负面的人格导致疾病的产生。

我们不希望被束缚，也不希望被强迫，我们不希望被期待，也感觉没有义务去按照别人期待的事情做事，我们都是一个完整的个体，都应该在爱和善的基础上去过完我们的一生。

所以任何事情都应该以自由的形态存在。

要想获得自由，就先给予自由。这句话非常值得我们深思，一句相辅相成的话就是：己所不欲，勿施于人。

例如：社会上有一些人的言论、行为恶劣残酷，在伤害到他人的时候却又拿着"自由"来当幌子，那就要思考一下，自己是否给了别人自由，是否心存善与爱呢？这种伤害的行为，总会因为一致性返回到自己身上。

总之，我们要坚信自己的能量，坚信手中的植物能量，带有爱和希望而不是贪婪的期望。

这样我们的疗愈就能很好地进行，灵魂与人格也得以提升。

若每一个人都能理解"自由"、理解"自我疗愈"、理解"爱"且充满信任地去使用手中"神的恩赐——带有疗愈能力的植物"，自主性与自由对于疗愈来说是极重要的，摆脱束缚去接受疗愈，去改变，才能让我们疗愈更有效果。

最后，就是对于感恩。我们应该抱着感恩的心去对待每一个人，每一件事，每一个物。如果无法理解感恩和不能抱有爱与感谢的态度去生活，那么我们会陷入无限的困扰之中。

日常TALK ——一天的用功，解决不了所有的问题

有句老话说："台上一分钟，台下十年功。"这话挺在理的，想要在人前风光，就一定要在人后受罪。电视上的新闻主播，每天光鲜亮丽地在屏幕里播报新闻，这份工作被很多人羡慕，想自己怎么没有这么好的机会去电视上露脸呢？自己也挺有才的呀？你只看到了主播每天十几分钟的出镜，好像很简单，对着稿子念一念就完了，但其实你没有看到主播在台下如何苦练基本功的，他们要为了在镜头前的十几分钟，去下多大的功夫。

还有人觉得别人的身材好，很是羡慕，也想要把自己的身材练好，但是泡在健身房一两天时间，就嫌累不去了，还要整天抱怨为什么自己没有一个好身材。出去和朋友吃饭，看到好吃的端上来，忍不住吃两口，又抱怨这顿饭打断了自己的减肥计划。这样的人是永远瘦不下来的，因为一点毅力都没有，只是口头上说一说，减肥都没有落实到行动上，或者只是三天打鱼，两天晒

网，这样根本没有什么成效。

减肥绝非一两天的事情，如果真的想要一个窈窕的身材，需要好的耐心并且要学会"坚持和勤奋"，不是仅仅嘴上说说，不能半途而废……这些话你们都知道，有些人觉得我是敷衍。其实能做到的人真的很少！希望每个想努力减肥的人，不是看着别人的照片羡慕，也不是每天嘴里念叨，而是落实，落实，落实。重要的话讲三遍！

我之前也很羡慕很多人的身材，所以我会化作动力，其实我本身也不胖，体脂14.7%，基础代谢已经比基本值还高，但是我依旧会努力，努力运动维持自己喜欢的身材。有一阵子，为了拉长、拉直腿每天拉伸到想哭！对于许多女孩来说，减肥绝对是人生的头等大事，为了留住好身材，看到喜欢吃的不敢张嘴，看到别人的好身材就各种羡慕嫉妒恨。但是，我绝不会因为别人比我努力，比我好就酸溜溜地去讽刺别人，然后因为自己没有，就去说别人都是假的而欺骗自己的自卑心。

我减肥的方法其实很简单，就是六个字："管住嘴，多动腿"。在一开始的时候进行大量的有氧运动，有氧运动指的是当体内糖不能提供身体所需的热量，通过大量吸入氧气，使体内的脂肪经过氧化分解的过程，比如跳绳、跑步、游泳、骑车都是有氧运动，每次都要坚持至少30分钟才能有效果！我平时坚持最多的就是骑车，在糖分消耗后做有氧减脂的效果才最好。

在后期可以进行一些无氧的训练，这样对体形的塑造很有帮助，只要长期坚持下来，一定能看到让人惊艳的效果。

减肥虽然只是一件很小的事情，但从小事中也可以看出你对待自己生活的一个态度。有些人总是嚷嚷着自己太胖，想要减肥，但就是从来也不付诸实践，或者说想着自己饿一两顿饭就能见到成效，看到比自己身材好的，还心里酸溜溜的。这样的人总是想着一劳永逸，想用最小的付出，收获最大的回报，这怎么可能呢？

不愿意付出更多的努力，却还想要更大的收获，看到自己总是无法进步的时候，就总说自己特别迷茫，觉得前途特别黯淡，不知道该怎么办才好。这其实都是自己给自己偷懒找的借口，嘴上说着迷茫，但身体却结结实实地躺在沙发上，看电视，吃零食，不愿意动起来，不想看书，不想充实自己，只想着天上能突然砸下一个大馅饼来，正好掉在自己的脑袋上，这都是想美事呢。

想要让自己的人生看起来特别明晰，特别宽阔，那就给自己设置好一个目标，然后照着这个目标去努力就好了，你就不会再觉得那么迷茫了，其实迷茫的原因就是你闲得没事做，给自己找点事情做，让自己有目标地忙起来，也就不会再感到迷茫了。

举个例子来说，当你因为学历不高，无法找到更好的工作而感到迷茫的时候，你每天抽出下班的时间去充实自己，去学习英文，学习一门专业技能，去考一门有用的证书，让自己投入进去，你压根就没空去迷茫。而当你提升了自己的能力，好的工作、好的机会自然也就为你打开了大门，你就不需要为自己的未来而迷茫了。

但如果你每天做着一份不如意的工作，却还总是眼高手低，不想好好地把手头的工作做好，想要做薪酬更优厚的工作，觉得自己怀才不遇，却还不愿意用功提升自己，那你真的就只能抱着迷茫睡觉了。

我曾经的一个员工被我开除了，开除的原因很简单，因为这名员工无故旷工好几天，在公司根本见不到人。我当时对员工的管理是采取弹性的时间管理，我不要求他们上下班打卡，我只要求他们把手里的工作做好，手头的事情处理得漂漂亮亮的就行，所以，这名员工在得知自己被开除后，还跑来质问我为什么要开除他，他说自己把工作做完不就行了吗。

但实际上，他什么工作也没有做，我对员工的弹性管理，在他看来是一个可以钻空子的管理制度，他不愿意每天努力工作，只想着怎么能逃避工作，减轻自己的压力。当我提出这一点时，他还不愿意承认，只是反复强调自己把工作做好不就行了。但他其实一点也没有明白自己的问题究竟出在了哪里。对于他来说，他觉得自己可以用很少的时间就把公司交代给他的工作完成，但对于公司来说，完全看不到他在工作方面的付出和成效，他不愿意重视自己的工作，可能在他心里，这份工作根本不值得花费多长的时间去做，他看不到这份工作背后需要付出的时间和精力。

没有什么工作是不需要付出努力就能做好的，我觉得工作上只有做得好和做得更好的区别，每一份工作的领域内，都会有一些做得特别精的人，他们成为这个领域内的佼佼者，但他们付出的辛苦和努力可不是一天两天的事儿。

总有人说："我用功了啊，为什么考试没及格？""我努力了啊，为什么工资涨不上去？""我运动了啊，为什么还是瘦不下来？"考试前一夜抱着书本背个通宵，那不叫用功，叫临时抱佛脚；每个月只有月底那几天忙忙碌碌地把任务完成，那不叫努力，叫敷衍了事；健身房跑几分钟就坐下休息，那不叫运动，叫消磨时间。

每天给自己订一个小的目标，比如看20分钟书，练一个小时字，把空闲的时间填补起来，这些看似不起眼的小努力会在你日后起着潜移默化的作用，但重要的是，你一定要坚持下去，不要只是遇到问题的时候，才想起来要用功，这已经于事无补的了。想要过得和别人一样自如、惬意，就要付出比别人更多的精力和时间。

整天抱怨、怨恨，想着让别人降低自己的姿态给你一个所谓的公平的人，只能当一辈子loser，要知道没有人有义务去特别顾及你的感受，除非在乎。学霸不会为了学渣故意考砸，有钱人不会为了让穷人心理平衡而把钱扔进黄浦江,漂亮的人不会为了不漂亮的人而去毁容。人活在这个世界上,想要活得好就要靠自己,过得差也别觉得是别人拖累的。

真的没有任何事情是特别容易的,当你看到别人的轻而易举、云淡风轻时,你不会知道他们背后下了多大的功夫。

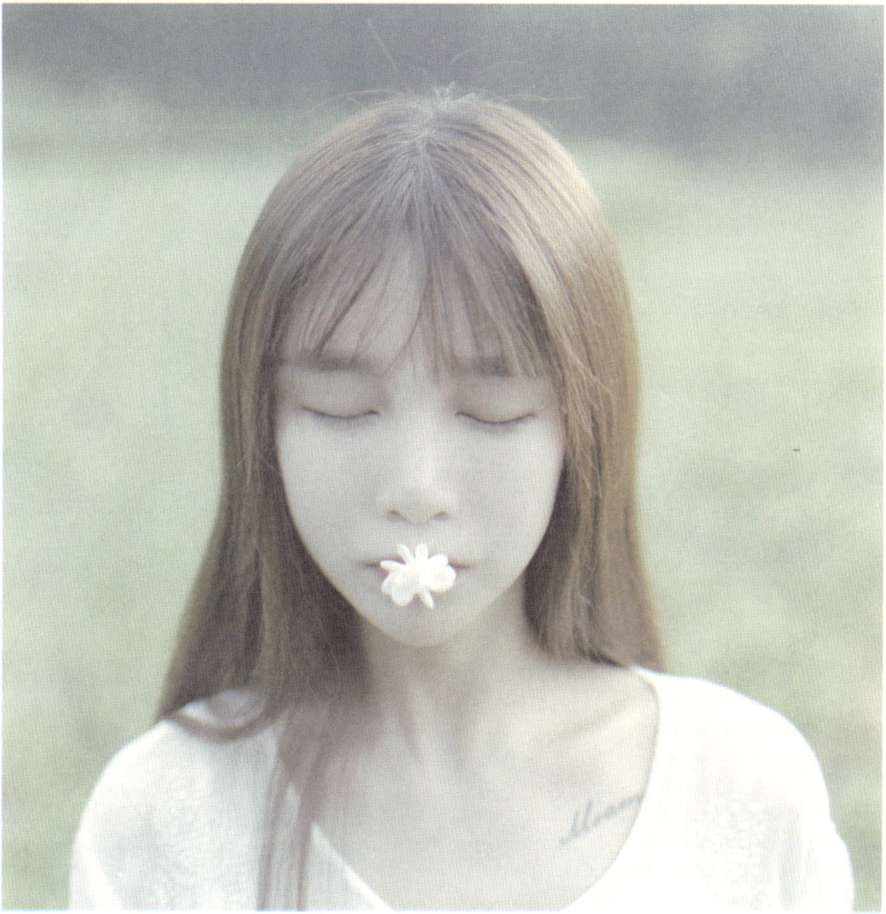

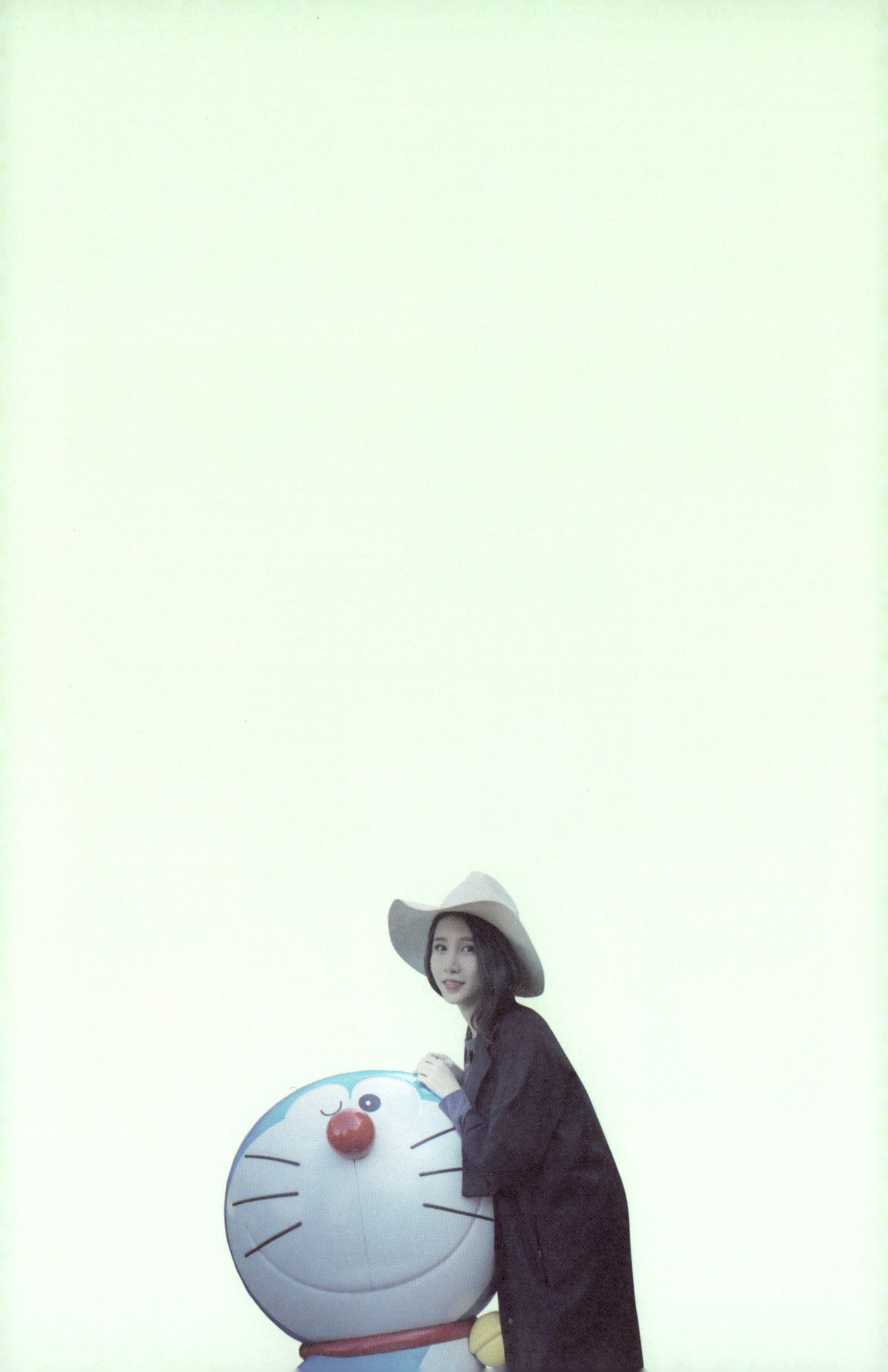

Chapter 5
世界再刻薄，我也不还嘴

这个世界的确不是公平的，我们没办法总是要求这个社会对我们好一些，我们只有自己去争取更好的东西，自己去调解因为受到伤害而郁闷的内心。以前我觉得谁对我刻薄，我就要加倍把刻薄还回去才解气，但是现在我觉得面对这个世界的刻薄，没必要太在意，做好自己就是最好的回应。

任何没有努力过的迷茫都是作秀

有付出才有回报,这真的是老生常谈,我觉得这是我们从懂事的时候就应该能明白的道理。想要考试得一百分,就要认真听讲,学习老师教的知识;想要得到喜欢的玩具,就要好好表现,这样爸爸和妈妈才会买给你。有的时候,努力了都不一定会有你想要的收获,更何况你都没努力,又怎么会有收获呢?

美沫成立之后,公司里的人来来往往,有的人一直留在我身边,有的人待了没几个月就辞职不干了。在他们的身上,我看到了真真实实的努力,但是也看到了虚张声势的"辛苦"。有的员工会默默地做许多工作,并且都做得很好,十分低调,十分勤恳;有的员工总是会夸大自己的工作量,做出一副很辛苦的样子,但其实他做的事情一点都不多。看到这些情况,我有的时候也会在想,同样的工作,为什么不同的人做会是截然不同的效果呢?

我在一次采访中被问到一个问题，问我最欣赏什么类型的员工。我想了想，什么类型实在不好划分，因为不同性格的人，会有不同的优缺点，没有办法去笼统地归类，但是我最欣赏的员工一定要人品好，我觉得人品好比能力强更重要，起码对我来说，对美沫的发展来说是这样的。

这几年，形形色色、各种各样的人也都见过不少，人各有短长，在不同的领域都会有不同的能力，但是，在我看来有着一个很好的人品，是很能给自己加分的。就算你现在的能力还不足以担任起一个领导的职位，但是只要你踏实，肯学习，一步一步地发展，最后一定也会在职场中有一个不错的前景。工作能力和工作经验如果没有，都可以一点一点地学习到，但如果一个人的人品有问题，那是不会轻易改变的。

人品可以决定很多东西，比如立场，无论是在工作中，还是在生活中，那些没有立场的人都很不招人喜欢，他们总是今天说要这样，明天说要那样，在他们心里，根本没有一个明确的方向和目标。也许，今天公司发展得还不错的时候，他会和公司共利益；但是，万一哪一天公司遇到一点困难，也许他就不会共患难了。

很多人总是舍不得付出，他们会觉得自己付出，万一没有回报的话，会很吃亏。比如有的人会抱怨说自己已经工作很多年了，但还是一个小职员，觉得看不到未来。但是他在抱怨的时候，不会想到自己之所以还是一个小职员，是因为这么多年来，他从来也没有真正为这份工作投入过什么,他只是将自己的工作当成一项可以换取工资的任务来完成,没有真正的努力,怎么可能升职或者加薪呢?

还有一些人总是和我说,我创建美沫的成功是因为我的机会好、时机对,我正好赶上了一个好时候,他们没有创业成功,是因为他们的时机太差了,他们没有遇上像我这么好的机会。我觉得机遇也不是站在原地等谁来把它带走的,如果我在澳大利亚读书的时候,没有做精油代购,我也就不会遇到这样好的机遇;如果我在回国后,听从了父母的安排,放弃了网店的生意,那自然也就不可能有现在的美沫。

所有的所谓的好的机遇,好的运气,都是在努力的过程中,自己去抓住的。美沫在发展过程中,也曾跌跌撞撞的,经历过起伏和波折,如果我只是凭着机遇和运气,那我根本就没办法去应对这些问题。如果我每一次遇到问题,不积极地去想办法解决,而只是傻坐在一边,一个劲地迷茫,不知道该怎么办,一个劲地去抱怨那些困难,那美沫也不会发展起来,我也不会成为现在的自己。

一切问题,我觉得只有你千方百计地去努力解决才有可能会化解,如果你一遇到问题,首先想到的就是退缩,每天只是坐在桌子后面胡思乱想,最后还要说自己真的尽力了,我觉得这不是努力,这只是在作秀。

我觉得任何没有努力过的迷茫情绪,都是在作秀。

看到别人在国外旅游度假的照片，一些人会酸溜溜地说这个世界真是不公平，有的人活得那么自在，可以去悠闲地度假，而自己却要苦哈哈地在公司里加班，吃盒饭，觉得很迷茫。其实这一点也不需要迷茫，别人在去国外度假之前，不知道完成了多少工作，不知道忙了多少天，才能抽出几天时间来。你与其在不停地羡慕别人，不如好好把手头的工作做完，做好，努力挣钱，因为你的迷茫一点也不会为你带来任何效益，只会让你在不满和负面的情绪中，越来越消极。

有朋友会问我有没有特别迷茫的时候，我想了一下，我觉得我没有迷茫的时候，我这个人就是比较简单，每天不会让自己无聊起来，只要没有工作的时候，我都会找一些事情去做，看会儿书，练练英语，或者学习烘焙。这些小事都会让我感到时间没有被浪费，我会看一些企业管理等专业性的书，对自己管理公司，研究美沫的产品都很有帮助，练习语言、学习烘焙这些小技能都会让我觉得自己又掌握了多一点的技能。

每天让自己有事情做，并且做一些会让自己觉得很有用，对自己很有帮助的事情，还怎么会觉得迷茫呢？

我很看重一个人的品质，这个人可以有各种各样的缺点和不足，说实话，谁还能没有点缺点呢？我自己身上也有一堆的缺点，但是，这个人的心一定要是好的。我觉得可以用白玫瑰来打比方，我在世界各地看了很多种白玫瑰，经过严格的筛选，最后才敲定了一处原材料产地。我选中的白玫瑰的品质是我所挑选的白玫瑰里最好的,只有用最优质的原材料,才能生产出最优质的产品。人也是这样,只有将自己打造得十分优质,才能走到一个更加优质的平台。

我身边有朋友会偶尔吐槽自己的工作不够好,我说既然工作不够好,那你就换一份自己满意的不就行了吗?但是我这个朋友就会找出一大堆理由,先说什么现在竞争很激烈,工作特别不好找,还会说自己的专业是冷门,没什么公司会看重,总之,在这一堆的理由中,我都没有看到他一丝丝的努力。

如果你想要安逸的生活,愿意安于现状,也并不是不可以,每个人都有自己追求的生活方式,但是,你不能总是一边享受安稳,一边又想拥有别人辛苦打拼的生活,还不想自己付出实际行动,只是在嘴上说自己很迷茫,不知道未来该何去何从。我一般听到这样的话都不予理会,因为和一个行动上的矮子说再多,也是无济于事的。

给自己一个无坚不摧的内心，这事不分男女

许多事情都是在发展，在不断变化的，人也是这样，我虽然性格上很独立，什么事儿都自己搞定，不会总想着去麻烦别人，依靠别人。但是，在我心里，我还是很想拥有一种轻松融洽的交际氛围的。比如在我拍的视频里，我经常会拉上我的好朋友一起出镜，和他们玩儿啊，闹的。我觉得是一件特别开心的事情。

我喜欢为了自己在意的人付出，我觉得那是一种幸福。长久以来，我都觉得只要是和朋友在一起，不管发生什么事情，我们大家一起扛过去，没有什么是过不去的，我觉得人是最重要的。我曾经有过两个特别好的闺蜜，她们在美沫工作，我们熟悉了之后，就常常在一起玩儿，出去吃吃喝喝，看看电影，特别投缘。我有什么心事都会和她们分享，我真的特别享受和朋友在一起的

那种放松的感觉。

那时候的美沫算是还在起步阶段，公司各方面都还在调整，有一天，我请来的HR和我说要对公司的一些规定做一些调整，HR把具体的事情和我说了一下，我觉得挺有道理的，就同意了。没想到，HR实施工作计划没多久，以前和我一直在一起玩儿的那两个女孩子突然不理我了，她们觉得我做这个调整是在针对她们。

因为HR重新设置了薪酬体系，员工的工资分为了底薪和提成，如果员工不努力提升业绩的话，那每一个月就只能领到比较少的一部分保底工资，但如果员工的业绩很好的话，那么这个员工领到的工资会比之前多很多。我觉得这是个不错的办法，可以提高员工的积极性，也可以令公司的业绩提升上来不少。

但是我的那两个朋友不愿意这样，她们平时的工作比较简单，没什么难度，在HR这一调整之后，她们也需要加大工作量，才能拿到和之前一样的工资，她们觉得这样对她们不公平，她们来办公室找我理论，认为我应该像之前那样给她们发工资。我当然不能同意，我不能因为她们和我是好朋友，就破坏公司的规章制度，而且，我当时觉得她们提出的要求也不合理，有所付出，才能有所得到，她们不能付出比别人更多的劳动，却还要求得到和别人一样多，甚至更多的回报，这样对公司其他的员工都是不公平的。

这件事情闹得不欢而散，我和这两个女孩子陷入了冷战之中，她们不再和我亲近，也不和我说话，我当时觉得有点委屈，因为我并不觉得我做错了什么，公私分明不是本来就应该的吗？但是，我还是很想挽回和她们之间的友情，甚至有一段时间，我自己帮她们把业绩做上来，让她们能够拿到那部分绩效工资，为的就是能够让她们知道，我并不是故意针对她们，而是为了整个公司着想。

但是，裂痕已经产生了，再怎么弥补也是没用的了。最后，那两个女孩离开了美沫，也离开了我的生活。这件事情一度给了我比较大的打击，可能在她们心中，觉得我根本没有把她们当朋友，但是我真的是很真心地在对待她们，只是在一些事情的认同上，我们无法达到一致。几年之后，我在一个场合还见到了其中一个女孩，我的情绪并没有自己想象中的那么差，反而还很热情地和她打了招呼。

但是，在我的心底，我知道我再也不会把知心朋友的那个位置留给她了，但是我也不会再为了之前的种种事情而一直对她们生气，在她们和我闹僵的那段时间，我听其他员工说她们在背地里说了我许多不好的话，当时真的心里很憋屈，但是，隔了这么久的时间，再次碰面，我能够想起的，全是以前我们三个在一起很开心、很快乐相处的日子。

不好的事情总要学会忘记，能够记在心底的永远是美好的瞬间，女孩子之间会闹矛盾很正常，只是我们当时都没能用最恰当的方式去处理，所以，将珍贵的友情流失掉了。不过，我觉得这也给我的人生上了一课，坚持去做你认为对的事情，哪怕会失去一些东西，但最终你会得到的更多。

虽然，因为工资，因为利益的问题，我失去了两个朋友，但是整个公司的发展变得更好了，这是我觉得不后悔的地方。我也不会玻璃心，觉得被朋友误解了，很难过，很委屈，我觉得在成年人的世界中，总是会有这样或者那样的问题，这些问题很难说得清楚谁对谁错，如果你和你认为重要的人发生了冲突，当你们吵架的时候，不要试图去分析对方生气的原因，也不需要去解释，其实只要去安静地静下心，去体验他的感受，去感同身受，你的心自然会告诉你怎么做。有时候谁对谁错真的没有那么重要。

通过这件事情，我还是依旧和员工保持很亲近的关系，但是我会公私更加分明，该一起玩儿的时候就一起玩儿，该工作的时候就要好好工作，我也会经常和他们沟通工作上的各种事情，包括对待工作的态度等。我觉得经过这件事情，让我学习了如何成为一个更好、更有魅力的老板。

有的时候，我在网上会和一些黑我的粉丝认真争辩，原因并不是我计较被别人说了坏话，而是想要讲清楚一个事实。许多朋友会劝我，跟我说你在微博上有这么多的粉丝，你是大V，说话要注意点。

我从来都不觉得自己是一个大V公众人物，我只是觉得微博是我和大家交流的平台。我在这里表达真实的自己，我的喜怒哀乐。我不想因为稍有名气就要装什么女神范，真实的张沫凡可能就是冲动的也会犯错的。但是更是希望能帮助大家给你们带来价值的。不用讨好任何人，做真实的自己才是最可贵的也是最快乐的！

在一次产品的抢购之后，网上有许多人质疑我，问我为什么总是要做这种抢购的活动，是不是为了吊大家的胃口，说了许多对我不好的话。我本来想忍一忍就过去了，但随后又一想，这一次算了，下一次依然会有人跳出来误解我，我必须把事情说清楚，所以我就在网上发文解释了一下。

又是一次抢购起风波

虽然我知道就算我不解释，下一次抢购还会像今天一样。

但是，我有必要告诉你们为什么是抢购！

因为我对原料的苛刻，普通人是分不出来白玫瑰和椰子油的品质的。

我们是从庄园的每一步开始筛选的，他们用的萃取的锅、收割方法、种植方法、成分的保证、有机性等都需要我们去认真把控。

真正高品质的农产品,尤其是纯露,是很难一直供货的。

年初,我们就在预订和从源头抢这些纯露的原料了。从之前的三个月卖一次到现在一个月卖一次。

我们已经付出了很大的努力了!

没有为什么,我只想把最好的给你们。因为你们抢不到而来责怪我,我觉得我没有错,我反而委屈。

因为我用差一级别的纯露,你根本不会知道,可是我的良心过不去!我也绝不会这么做。

换位思考一下,一直供应纯露,我每月可以卖到上千万,可是为什么,我会选择每次限量而只有几十万的营业额呢?我不想赚更多的钱吗?

对,我不想赚没良心的钱!

之后,的确也得到了一些粉丝的理解,虽然仍然还是有人不理解,但是,我知道随着时间的推移,他们最终会知道我所做的并不是单纯地为了挣钱。要想赢得尊重,先要学会尊重,要想获得自由,先要给予自由,要想得到爱,先要付出爱,我想要让美沫得到更多人的支持,就要不断地付出才行。

一句话,我给了自己一个无坚不摧的内心,不管遇到任何的事情,我首先要做的就是让自己强大起来,不会被困难吓退。因为我知道总会有人站在你的对立面,这是无法避免的。

你不能因为被人不认同，就不知所措，你还是要做你认为对的事情，你要知道，你的每一分努力并不会被所有人都看到，你的每一份好心也未必是所有人都能领情，但总是会有有心的人在支持着你，这就足够了。

[130 ...

与其羡慕别人的花园，不如种好自己的玫瑰

我小时候耍浑，要无赖，忘记有一次因为什么原因了，觉得自己生活特别不幸，觉得自己简直是天下第一苦命人，哭着喊着要自杀，要和这个绝望的世界告别，悲观情绪时不时就冲上脑门，自己恨不得在背后贴上大字条，写上"勿招惹此人！"

有一次，我爸特严肃地和我说："生命是你自己的，你是我的唯一，但不是我的全部。"然后就看也不看我走了，把当时使劲作的我晾在一边，我爸这句话当时一下子就点醒了我，直到如今，这句话还影响着我的爱情观、人生观。任何人都不能被他人左右，也没必要受他人的教唆而影响自己的生活，自己的人生是要自己把握的，没有过不去的坎，也没有走不完的路，自己的人生路要自己去走，自己去适应这个社会。

我们总是会羡慕别人，觉得别人的都是好的，都比自己强，就好像两个人一起吃饭，都觉得对方碗里的食物更美味，其实这

种"吃着碗里的,看着锅里的"心理,每个人或多或少都会有的。我自己也有这样的时候,比如我出去逛街,看到一个向我迎面走来的女孩子身上穿着一条漂亮的裙子,我就会特别想要,我觉得那条裙子特别好看,但是当我千辛万苦地找到那条裙子,把那条裙子买回家套在自己身上之后,会发觉那条裙子根本不适合我,我穿上一点都不好看。

所以,与其羡慕别人有的,不如努力把自己拥有的打造得更好。以前看过一个国外的童话故事,大概讲的是在一座小城镇里,住着一个普通的男人,男人每天过着简单的生活,做着简单的工作,男人在家门前种了几株玫瑰,开花的时候,特别美丽,邻居每次路过,都会夸赞男人的玫瑰很漂亮,男人很喜欢自己的玫瑰。

但是,有一天,男人的房子旁边搬来了新的邻居。新邻居是一个能干的女人,她把自己的屋子后面打造成了一个漂亮的花园,种了许多鲜花,还养了小动物。自从女人来了之后,邻居都对她的花园很感兴趣,每天都会去欣赏女人的花园,对男人的玫瑰不再过问了,男人觉得有点失落。

男人忍不住也跑去参观女人的花园,他也被女人的花园吸引了,的确很漂亮,男人心里不得不承认,和女人的花园比起来,自己的那几株玫瑰真的是太不起眼了。男人渐渐不把心思用在照顾自己的玫瑰花上了,他一有时间就会去到女人的花园,心里暗暗想着,如果这个花园是自己的该多好。因为没有了男人的精心照料,玫瑰花渐渐凋零，没有了之前娇艳的模样。

直到有一天，男人在门口无聊闲坐的时候，女邻居从他房门前经过，惊喜地看着他的玫瑰说道："好美的玫瑰啊，能送一株给我吗，我想种到我的花园里。"男人这才留意到他已经忽视了很久的玫瑰，发现其中有小小的一枝还在努力地绽放着，男人将玫瑰送给女人，女人欢喜地拿着玫瑰走了。

其实这个故事就是告诉我们，我们总是看到别人有的，而没有注意自己拥有的东西也很宝贵。许多人会和我说十分羡慕我，觉得我的生活很好，事业也很好，我的状态是他们想要追求的。但是我也会告诉他们，我也很羡慕他们，觉得他们每天可以有很多的时间陪伴家人，能够不用担负那么大的压力，不用每天躺到床上还要为工作上的一堆事情而烦恼得睡不着觉。

每个人站在自己的角度去看别人的生活，都会觉得别人的花园里花团锦簇，而自己拥有的根本不值得一提，但别人的再好，也始终是别人的东西，你就算再羡慕，也只能过一过眼瘾。像我上学的时候，接触到一些穿着、打扮都很好的朋友，那时候我就特别羡慕她们，觉得她们各方面都比我强，每天就想着怎么样才能和她们一样成为别人目光注视的焦点呢？那段时间，我只看到了别人的闪光点，却忽视了自己身上也有好的一面，我成天想的就是如何能拥有一个大的花园，却没有种好自己的玫瑰。

我会经常地想自己眼睛不大，个子还矮，嘴巴也不好看，反正处处不如别人，心里满满的都是落差。但是后来我不再总是对自己不满意了，虽然我还是能够看到自己身上的许多不足，可是我还是会很爱自己，因为在这个世界上只有一个自己啊！你爱惜自己别人才会爱你的！

从一开始的自卑，没有方向，到之后的自信满满，我自己的变化是潜移默化的，但是我能够很明显地感觉出自己的改变，接触了精油这个行业之后，我找到了自己人生想要奋斗和努力的方向，在充实自我的同时，我觉得芳香疗法也带给了我对生活的信念。它改变了我很多，磨圆了我的棱角，我学会了为别人去着想，学会了如何去爱别人，善意地对待每一个人，学会了用心做事，学会了平和对待每一件事情，学会了放下自己的面具认识真正的自己。

虽然接受和敞开心扉并没有那么容易，但是，当我学会用心去思考，去做事，去感受人生，我真的感到由内而外的变化。我会感到自己的能量，它教会我耐心而充满爱地去与人接触，去如何面对处理当下不愉快的事情。我感到自己眼神和皮肤都充满了活力，并认同自己，所以我现在也很喜欢自己素颜的样子，以前一直不接受自己素颜的样子，只要出门就一定会化妆。

我真的很感谢芳香疗法让我和精油结缘，和自然连接，我感谢自然，让我换了一个角度去看人生，去感受人生给我带来的每一次快乐或者苦痛，其实都是对我的磨炼。坦然接受，接受这样最真实、最本真的自己，感受当下。这种感觉真的很赞，让我的心很静，每天都很快乐、充实。

接受现实，善意对待他人，无论他人如何对你，认识真正的自己，这些正是年轻人缺少的，所以总是戴着面具生活，给自己的身体带来负担。有一句话我很喜欢："就在今天不烦恼，不愤怒，善意地对待他人，接受自己，遵循自己身体和心灵的指示。"很感谢关注我的每一个人，我愿意一直追求自然疗法，更加努力学习，给身边的人带来能量。分享更多有关芳香疗法的知识，让更多的人去感受自然的力量。

日常TALK ——感谢那些伤害、离开我的人

我们会因为很多种原因，有可能是出自本意，也有可能是无心的，在一些时候伤害到一些人，也会被一些人所伤害。每一个人出现在我们的生命中，都有其特有的意义，有的人是为了教会我们什么是爱，有的人是为了教会我们如何坚强，有的人是告诉我们怎么成长，而有的人则是为了要时刻提醒我们，必须足够强大，才能更好地应对这个世界。

在我18岁的时候，有一次，我和我的前男朋友一家人出去玩，不记得为了什么，我和前男友争执了起来，我们吵架的声音有些大，当时是在一个公众场合，我心里很委屈，又很着急，可是又没地方诉说。正在我又生气又委屈的时候，我前男友的父母走了过来，他们看到我这样，并没有想到安慰我一下，或者给我们劝架，而是指着我鼻子骂了起来，骂得很难听。

当时我脑子里一片空白，完全不知道该怎么应对，我没想到

自己会置身于这样一种无助而又尴尬的境地。看到前男友父母说我丢人，说我这个那个的时候，我只能站在原地，不敢还口，也无法离开。当时我18岁，那是我人生中最狼狈的时刻，我想要抬腿就走，但是我没有足够的钱，也没有车，我没办法离开他们，哪怕他们这么训斥我，我也没办法为了自己的尊严而离开，因为我没有能力。

我那时候，脑子里想过一百种如果。我想如果我有能力，银行卡里有足够的钱的话，我可以说走就走，毫不留情；如果我不是一个穷学生，他们一定不会对我这么不留情面，不给面子。总之，我当时脑子里乱七八糟想了很多如果，但是，事实是我当时没有任何自立的能力。没有任何让我能够挺直腰杆的本事，我没有底气，我就像一个受气的小媳妇一样委曲求全，那段旅程成了我特别不愿回顾的一段记忆。

但是，也是那段经历，让我心里产生了一个想法，根深蒂固地存在，一直影响着我之后的人生，那就是今天你可以看不起我，你可以伤害我这个势单力薄的小姑娘，但是，总有一天，我会用自己的实际行动让你看得起我，打心底里尊重我。

之前我说过一句话，我说每个人都要面子，都希望有足够的自尊，都希望能得到别人的认可。但是这个面子，这份自尊不是别人给你的，也不是你求来的，而是你通过自己的实力，实实在在地"挣"来的。女人不会因为你是一个男人，男人需要面子，就给你面子；同样地，男人也不会因为你是一个女人，女人脸皮薄，需要自尊，就给你自尊。

所有的尊重都是相互的，不是靠施舍得来。18岁经历的这件事情虽然只是一个很小的事情，但是却给了我很大的改变。如果说我之前还是一直把自己当成一个柔弱的小女生，总想着要男生谦让和保护的话，在那件事情之后，我就不再那么想了，我希望自己能够变得强大，我不想再依赖别人的同情和怜悯。

后来，我的事业慢慢有了起色，并且发展得越来越好之后，前男友的父母对我的态度也有了根本性的转变。也许，在他们之前看来，我就是一个游手好闲，每天东游西荡，什么也不懂的傻女孩，但是，之后我变得越来越能干，越来越有能力，让他的父母对我刮目相看了。

所以说，事情有的时候要从不同的角度去看，我谢谢那些曾经伤害过我，离开了我的人，是你们从我生命中闯入又离开，让我明白自己原来可以这么强大，让我知道自己并不是一个只懂依赖别人的人。

十几岁的我一脸青涩，十足的小姑娘气，自我保护的功能还没懂得该怎么开启呢，在不断地工作和社会历练中，我现在虽然年纪也不大，但总能让人说我身上自带气场，不自觉地会受到别人的重视。有女孩子就会私下里问我，怎么才能增强自己的气场，让自己在一些场合中可以不怯场。

增强自己的气场，让自己看起来没那么好欺负，这个其实说容易也容易，说难也难，关键还在于你自己是否对自己有足够的底气和信心。就好比我之前，觉得自己要相貌没相貌，要本事没本事，扎在人堆里就不自觉地会勾着腰走路，恨不得大家都不要注意到我才好，这样的我根本不会有什么气场。

但是，经历过被前男友父母看不起那件事之后，我觉得自己没什么好自卑的，没什么好低着头的，自己必须挺起腰杆来，否则之后的人生中，类似的事情还会继续发生。所以，为了让自己受到应有的尊重，不再被人贬损，我知道自己一定得坚强独立，一定要做一个能镇得住场面的成年人。

简单来说，要让自己看起来有一定的气场，可以有这样几个小招数。首先，当你在参加一个重要场合之前，你可以试着给自己做一些积极的心理暗示，就是自己给自己打气，跟自己说自己能行，千万不能尿。

其次，化一点适当的妆也可以在为你增加气场这方面起到一点作用。人靠衣装马靠鞍，成熟稳重的妆容，会让你的五官看起来更加精致立体，会让你整个人都变得不一样，会更有自信一些。发型也别总是清水挂面的直发，或者弄一个齐头帘，让整个人看起来傻乎乎的，像隔壁家的小闺女一样，最好的发型是能够张扬出你的气场，而不是让你看起来显得很拘束的样子。

眼睛是心灵的窗户，很多有气场的人，眼睛自带光芒，会不自觉地带着威慑力，如果你觉得自己的眼神不够有杀伤力，不妨佩戴一副墨镜，这样既显得你有一定的距离感，也会恰到好处地藏起你眼神中可能会流露出的小小的胆怯。

我通常还会给自己戴一些水晶之类的小饰品，水晶有增加能量的作用，我会觉得自己更有自信。总之，我现在能够不断地做得更好，让自己的生活和工作越来越精彩，我觉得离不开之前伤害过我的那些人，他们当初对我的无视和瞧不起，成为我日后奋斗的动力。有的时候，一些负面的能量会比正面的鼓励给人的激励更大，因为每个人都不愿意在同样的地方摔倒两次，都不愿意重蹈覆辙。

为了不会因为自己没有能力而再次受到蔑视，我这些年来，不论多辛苦也没有想过要放弃，没有想过要停下来休息。因为我知道社会就是这么现实的，当你百般好的时候，会有很多人对你微笑，但是当你跌倒的时候，也会有很多人对你嘲笑。我不愿意接受任何的嘲笑，那么，我就只有拼命努力，不让自己跌倒。

141

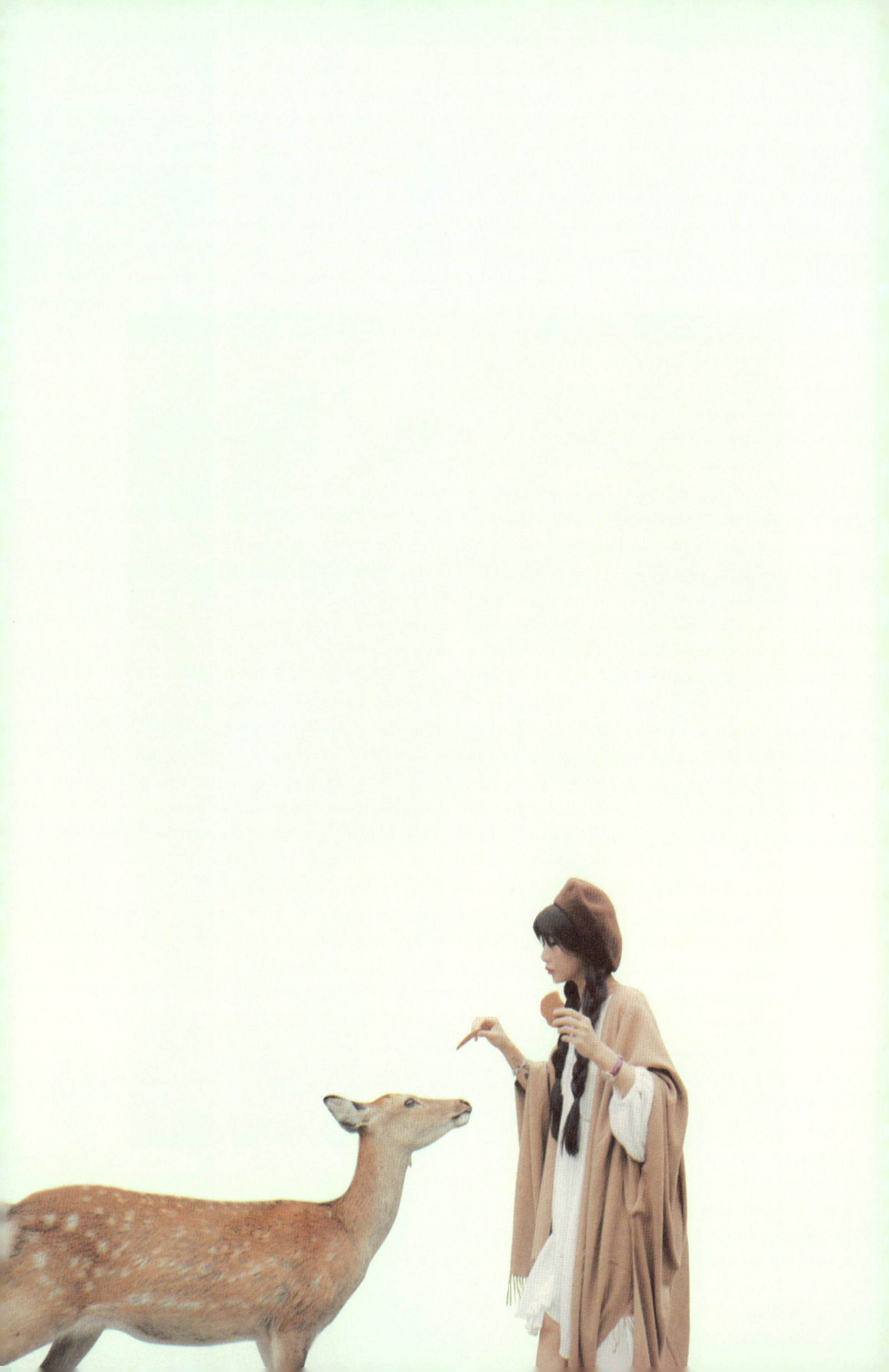

Chapter 6
当我谈论成功时，我在谈什么

不要老看到别人身上的闪光点而自卑，因为他有你不知道的苦。不要羡慕你没有的，因为你有的或许也是别人正在羡慕的。当我谈论成功的时候，我不是在谈论金钱、社会地位以及人脉资源，我更多的是在分享自己的人生故事、生活态度。洗尽铅华，生命留给我们的精粹，是我们最大的财富和成功。

喜欢钱并不是一件羞耻的事情

我12岁那年,爸爸带我去国贸逛街,当时我只有12岁,看到那些标价昂贵的商品,还不明白这些是所谓的奢侈品,只是觉得那些东西都很漂亮,自己很喜欢。爸爸拉着我的手对我说:"喜欢吧?喜欢就自己赚钱买!"我想这就是我人生中上的第一堂和金钱有关的课程,喜欢奢侈的生活,喜欢昂贵的首饰,这不是开不了口的想法,想要什么样的生活,都要靠自己去争取,而不是等待别人的给予。

得益于爸爸对我独立的教育,我从小就在这方面有比较强的意识,在别人家的孩子还伸手跟父母要零花钱买零食的时候,我已经能够想到一些"小招数"去自己赚一些零用钱了。现在我能够用自己的实力为我的亲人、我的朋友买一些他们喜欢的东西,在他们需要帮助的时候,伸出援手。我觉得这都是金钱带给我的能力,正是因为我有了这样的能力,我才能更好地保护我身边的人。

　　许多人都会羞于开口谈钱，在谈合作的时候，不好意思大大方方地维护自己的利益；在谈薪水的时候，不好意思开口要自己心目中的理想薪酬；在谈到钱的时候，总觉得是一件很羞涩的事情。其实并不是这样的，我觉得喜欢钱没什么不好意思的，因为金钱是我们每一个人生活下去的必须要有的一个东西，我们需要钱去买食物，需要钱支付房租、水电，需要钱满足我们的各种需求。

　　我这样说，并不是拜金，并不是物质，我不是一个拜金的人，我没有那么看重金钱，我明白在这个世上，有许多东西和情感，是金钱无法买回来的，但是我也知道，在这个世上，有许多东西是必须要用金钱来交换的。我可以不重视金钱，但我不能在我需要用金钱来帮助我身边亲人和朋友的时候，而口袋里空空，什么也拿不出来。

　　钱，总是被人认为是一个很露骨的话题，但是，现实本来就是赤裸裸的呀，它不会因为你的羞涩而对你网开一面，我们能够和现实抗衡的最大武器，不就是把自己的实力充实起来吗？当你父母需要去医院看病时，你可以带他们去看好的医生，开好的药；当你的朋友遇到经济困难时，你可以慷慨解囊；当你在乎的人需要救助时，你可以毫不犹豫地伸出援手；当你需要为你的欲望买单时，你可以毫不心疼地刷卡。

　　总有人问我为什么每天这么没心没肺，嘻嘻哈哈的，因为我有一个特别好的消化负能量的办法，那就是工作，也可以称之为赚钱。如果遭受了朋友的背叛，我就埋头赚钱；如果被男朋友打脸了，我就埋头赚钱；如果遭到了父母的嫌弃，我还是埋头赚钱。

工作能让我消化掉许多心中的不良情绪，上面提到的那些如果，都是我亲身遇到过的，所以我一直相信，在这个世界上，只有你自己和你自己赚到的钱不会抛弃你。我们不需要太用力地去兼顾到所有的东西，因为我们不是完人，我们需要为自己考虑，我们需要为自己负责任，而钱就是我们守护自己最好的武器。

所以，我们在需要为自己更好地负责任时，钱是我们最坚实的后盾。当我们不开心的时候，我们可以来一场说走就走的旅行；当我们失恋的时候，我们去购物、美容，让我们更加容光焕发，很快走出失恋的阴影。当我们疯狂地完善自己，让自己变得更好时，之前所遇到的问题也就不算是问题了；当我们之前站在小山丘下发愁如何过去时，通过我们的努力，我们站在了山巅上，之前的小山丘已经不足为惧了。

这就是为什么我总是说女孩子们一定要自己经济独立，经济越独立，你的人生才能越由自己掌控。经济实力的增强，会让你更自信地和这个世界对视。在我之前没有挣到钱的时候，我常常想的是："等我有了钱，我要去做……，去干……"那时候想到的无非就是买一套大点的房子，开一辆好点的车，把自己的生活提升上来。但是现在我经济独立了，财务自由了，我想的就是如何能够让公司的品牌更深入人心，如何能够给员工带来更大的发展平台，如何能把家里人照顾得更好……

在没钱的时候，我们总是会在生存的问题上纠结，根本无暇顾及其他，更不用说提升自己，开拓自己的内心了。但是当我们有了一定的经济基础之后，我们就会考虑更多的事情，更长久的事情。

可能有的人会反驳道："有那么多钱有什么用，心里还是那么空虚。""再有钱也是土包子。"我只能表示这些话都是谬论，在你努力挣钱的道路上，你会变得越来越优秀，优秀与财富总是成正比的，不要总是活在"没钱不要紧，重要的是精神世界丰富"这样的假象之中，当你一门心思为了节省交通费而不得不早起赶地铁时，你哪里还有时间去阅读一本好书，当你为了房租发愁的时候，你哪里会有心思去欣赏一场精美绝伦的话剧。

在为财富而努力的时候，其实你是可以找到自我的价值，找到你人生的轨迹的，你会发现自己有很多很多的目标，你会激励自己一层一层地往上爬，你就会去学很多有用的东西，你会因为忙碌而无比充实，根本没时间空虚。

分享一个小故事：在森林中有各式各样的植物，而不同的植物有各自的领域，互不侵犯，因为当枝丫生长过于靠近时，植物会释放乙烯，让对方知道自己的存在，可见植物比人类更敏感，更懂得尊重别人。所以有时候，我更愿意静下来和精油沟通，因为它能让我看到美好的一面，远离尘世的压力。

钱是客观存在的,是我们每个人生活中必不可少的,没必要为了自己那点自尊心觉得喜欢钱是一件庸俗的事情。我们完全可以大方地承认自己对于物质的追求,因为拥有一个好的经济条件,才能拥有更多更美好的事物。其中你能拥有的最可贵的品质就是自己为自己的目标去奋斗,自己为自己的欲望去买单。

美丽是一种态度，分享美丽是一种能力

我觉得女孩子追求美丽是一件无可厚非的事情，美丽指的不仅仅是容貌、身材的漂亮，我觉得美丽的深层含义，更是代表一种优雅的人生态度。我从小爱漂亮，爱打扮，从一开始对美丽只是停留在粗浅的认识上，到现在对美丽的追求有了全新的认识，这个认知是我在成长中不断摸索与领悟出来的。

我希望通过美沫艾莫尔这个品牌，将芳香疗法这种生活方式分享给更多的人，并帮助更多的爱美女孩。我觉得我的工作最重要的不是研究淘宝平台的运营规则，不是琢磨整个行业的发展趋势，也不是推敲产品的宣传文案，而是保持自身的美丽状态，并且不断分享我自己的健康生活方式。

在我看来，美丽是一种态度，而懂得分享美丽更是一种能力。可以说，让自己变得更加美丽是我最初的创业动机，而我之所以能够走过创业的艰辛路程，分享、传递美丽就是我创业成功

的关键。我每周录的视频里会有许多是介绍如何化妆、如何穿搭的,虽然人们总是说外表不重要,重要的是内心和能力,但是在我看来,女人的外在与内在同样重要,卢梭说过:"女人最使我们留恋的,并不一定在于感官的享受,主要还在于生活在她们身边的某种情调。"

美丽是一个永恒的话题,我知道时间的流逝会带走许多东西,包括青春,我们虽然会老去,但是美丽永远不会。我每次翻看一些时尚杂志,或者是观看一些时尚视频时,总会看到一些专门为上了年纪的时尚达人拍摄的照片,那些照片会让我眼前一亮。她们虽然头发白了,眼角有了皱纹,但她们永葆美丽,她们的心中永远住着一位美丽的少女。

这就是我想要传递的美丽态度,一种生活的态度,年华会老去,但梦想永远年轻,容颜会老去,但美丽不会逝去。我希望我能够和越来越多的女孩子一起成长,我们一起分享美丽的小技巧,让我们改变自己,变得更好。

其实,我分享的一些经验并没有什么特别的,都很简单,但很实用,比如通过穿搭调整身材视觉的比例,会让自己的上身变短,腿变得更长,选择腰线高的衣服会让女孩子摆脱五五分的身材困扰。这些都是我在平日的生活中总结出来的,因为我的身材也不是十全十美的,我个子不够高,腿也不算长,但是我发现选择穿一些短款的小上衣能够让自己的比例看起来更好,选择一些适合自己的阔腿裤,会让自己的整体看起来更棒。增高鞋垫、厚底鞋或者高跟鞋都有助于矮个子女孩子拉长下身，根据整体的穿搭和具体的场合选择不同的鞋子，会有不同的效果。比如穿高帮的鞋子加增高鞋垫就可以显得腿长，穿粗跟的靴子可以显得腿细。

每一次的分享之后，我会比那些女孩子更高兴，因为我觉得我在一点一点地实现自己的梦想，在坚持自己的初衷的道路上越走越坚定了。

我总爱和公司的同事交流我自己的理念和想法，想让他们也能够对我的做法感同身受，希望美沬能够成为美丽的标杆，成为女孩子们变美的一个有力的平台。日复一日地埋头工作，在2014年年底的时候，我在看到公司的同事写的这篇文章后，我特别地感动，自己的付出竟然在不知不觉中收到了这么大的回报。

美沬的2014年

2014年是美沬的品牌年，也是美沬在过去四年中成长变化最大的一年。

2014年1月，我们去了丽江，我们学会了认真工作，享受生活；也是这一月，我们定下了美沬2014年全年的业绩目标2200万，全公司上下开始为2200万做各种准备。

2014年2月，美沬迎来了第四个春节，这一年的春节，我们按照老规矩，抢福袋！好多亲亲反馈说每年春节抢的福袋特别超

[152 ...

... 153]

值；然后，美沫上下开始为亲亲们的"值得"继续奋斗拼搏。

2014年3月1日，万众瞩目的"椰子油"腾空出世，亮瞎了无数人的双眼，同时也让美沫的产品定位有了新的方向。

2014年4月，品牌经理——张珺加入美沫，成为美沫家族中不可或缺的一位成员！因为张珺，我们初次有了"美沫"这个品牌的概念，我们开始贯彻老大的理念，不再只是"卖产品""做营销"。

2014年5月，国际劳动节，我们跟其他电商不同的是：别人都在做线上活动，我们放假了！给了员工充足的充电时间。

2014年6月，在这最童真欢乐的月份，我们迎来了老大的处女座助理——余小慧，公司开始各种改革，建立各种标准化、职业化工作系统。

2014年7月25日，品牌日，我们举办了YY线上发布会，与700多位美沫的粉丝一起见证了这个值得纪念的日子。

2014年8月，老大赴法国签约了法国纯露原料供应商，让美沫的产品质量又上了一个台阶。

2014年9月，淘宝店铺运营官——崔文宁加入美沫，流量和转化率在她手上变成了神话，让我们一次又一次地见证了无数的奇迹。

2014年10月，一批新同事进入美沫家族，行政姐姐那月一直在不停地采购电脑等办公用品，不停地举行新员工上岗培训，也正因为你们的加入，美沫的未来才变得无限大。同月，销售部主管——娜娜转型做运营，让我们发现美沫不只是一个工作平台，每个人都能有所成长提升。

2014年11月，美沫突破性的一个"双十一"，当时目标定的是"双十一"当天业绩为100万，最后完成180万，完美收官！美沫内部抽奖，奖肾6，奖现金，老大拿出净利润的一半给了员工。

2014年12月，又是美沫突破性的一个"双十二"，目标定的150万，最后完成174万，又一次惊呆了各位小伙伴。

2014年，对，就在刚刚完美完成全年目标2200万，是的，这是美沫四年的完美句点。

写到这里，不知如何形容我的心情。这一年，美沫经历了很多，有很多人不理解，有很多人抹黑，但美沫依然排除万难走到了现在，因为我们要对得起每一位信任我们的爱沫儿，必须对得起我们的良心才不枉我们走了四年！感谢你们一直支持与陪伴，没有你们，就没有美沫，美沫爱你们！

美沫从起初的几人团队发展至今，与一般企业一样，也经历了团队的离离散散，但此时此刻，我只想说一句：还好，还好我们现在还在一起！还好我们还继续在为同一个梦想努力奋斗着！感谢所有同仁的付出和无条件支持，感谢你们的家人无条件的理解，如果没有你们，美沫不会走到今天的如此强大，感谢！

美沫的2014年，有感动，有心酸，有疲累，但同样有兴奋、幸福与积极向上！2014年，美沫因你而精彩！2015年，我们的芳疗师订制护肤继续等你见证美沫新的奇迹！我们一起加油！加油！加油！

现在，美沫伴随我一路走来，我觉得充实又很幸福，美沫教会我很多，也让我不断地成长，让我更加有了责任感，也更加有了担当。我知道自己还有许多做得不够好的地方，我会不断地改进，时间改变了许多东西，但唯一不变的是我将会继续分享美丽，将我的美丽经验分享给相信我的人。

美丽是一种态度，也是我的人生态度。分享美丽是一种能力，是我愿意用一生去培养的能力。

如果强迫症是种病，我愿意追求到极致

知道了美沫终于成为CCTV《见证·品牌》栏目的合作伙伴那一刻，我激动极了，从小打小闹的小生意到被CCTV认可，经过长时间的手续审核，三证的检查，资质的验证，终于到了这天！我当时很庆幸自己坚持了下来，用自己的坚持换来了美沫这个品牌，获得了越来越多的媒体的认可。

我也知道这个进步意味着自己在今后需要承担更大的责任，需要做得更好，才能对得起自己的顾客和信任自己的人。短短几年的时间，我和我的公司一起成长、成熟，我一直都是以无所畏惧的姿态出现在大家眼前，我从不遮掩自己的缺点，从不掩饰自己的情绪，我知道自己是一个有很多毛病的人，但是我不介意自己被大家说不完美，我只追求真实和无愧于心。

其实，身为摩羯座，我在许多方面是一个追求极致的人，常常会强迫症上头。比如我拍视频的时候，明明已经拍得很好了，

但是我一定要反复地从各个角度去拍，换各种镜头看有没有更好的效果。一个一分钟的视频，我可以花三个小时去剪辑，为了能够做出效果更完美的视频，我可以去学很多制作视频的软件。

在当初创建美沫的时候，从我自己孤身一人到现在拥有几十人团队的一个公司，一路上有人支持和鼓励，但质疑和反对的声音也从来没有间断过。我之所以能那么有底气地站出来应对反对我的声音，会那么坦荡地谈起我的产品，除了真心支持我的人给我的勇气和力量外，最重要的是给了我无比自信的专业。

了解我的人都知道，我在学习芳疗的时候一扫之前不爱看书学习的颓势，每天都充满热忱地把能学的都学到最精，每年不厌其烦地飞来飞去地学习。上中学的时候，我的数理化特别地差，化学那些符号对于我来说就像是天书一样，我根本看不懂。但是在我学习了芳疗之后，为了更好地了解每一种精油的成分，我对那些化学公式烂熟于心，这是因为我知道我必须掌握这门知识，也是因为在学习过程中，爱上了芳疗，因为喜欢，所以再次强迫症上头，向着极致学习。

这份对极致的追求可以延展到我工作和生活的许多细节中，比如在对客服的培训上，我会要求很高，因为我创建美沫秉承的理念是做芳疗订制界最棒的护肤品品牌，既然要做就要做到极致，我会带着客服一遍又一遍地培训专业，把产品一次又一次地拿去做检验，每出一款新品更是要严格把关。在我看来，顾客所买到的不仅是一款护肤品，更是对她们自己美丽的一种保障。

我会要求客服尽可能细致地帮顾客讲解每一种护肤品的功效，尽量精准地推荐适合不同顾客的不同产品，我希望顾客从美沫买到一款适合自己的护肤品的同时，还能学习到一些专业的美容知识，一些适合自己的护肤方法。

在一些商业的场合，会见到各行各业享誉中国的品牌负责人，在和他们谈论品牌未来的发展和规划时，我觉得美沫身后能有那么多支持的粉丝，真的是我的骄傲。因为说实话，美沫很少去做硬广推广，也很少在外界去攀附关系，去买资源。美沫的品牌形象都是美沫的粉丝们给的，在粉丝们一次又一次的朋友推荐中，一次又一次的社交圈晒图分享中，一点一点地树立了起来。

为了美沫的品牌，也为了支持美沫的所有人，我一定会更加努力，进一步地完善美沫的护肤产品，将专业和品质都提高到极致，再极致。

日常TALK ——你得迈出第一步，才知道第二步并不难

害怕受到挫折，害怕跌倒，这是每一个人都会有的心理问题。每个人都希望自己能够顺顺利利的，没有人希望自己会遇到坎坷，但是没有办法，我们总是会遇到大大小小的问题，这些问题会让我们苦恼，会让我们陷入瓶颈，但是，这就是生活，生活不可能一直是一马平川的大马路，有的时候，也会走上崎岖小道，一个不小心，还有可能崴了脚。但不能因为害怕崴脚，害怕疼，就不敢迈腿，在原地张望。

许多看似很困难的时候，你得迈出第一步，才能知道第二步其实也没什么，我就是这么激励我自己的。咬着牙走过去，挺一挺就过去了，没什么大不了的。我一直都被许多人质疑和议论，许多人说美沫的产品并不是我所说的那样有效，他们都没有用过，就不断在网上抹黑我。一开始的时候，我也会很无奈，会很生气，觉得自己平白无故地受到了非议，心里觉得有些受不了。

后来，自己慢慢调整心态，觉得别人在说你，那就自我完善，让别人终有一天会无话可说，而且那个时候，我还自己给自己做心理调节，我上网查生气对身体的伤害到底有多深，结果让我吓了一跳。①皮肤：生气时，会刺激毛囊，引起毛囊周围的炎症，出现色斑问题。②子宫、乳腺：女人生气伤乳腺和子宫。③甲状腺：老生气会使甲状腺功能失调。④大脑：大量血液涌向大脑，此时血液中含有毒素最多，加速脑部衰老。⑤肺：女性情绪冲动时，呼吸急促，甚至过度换气，危害肺健康。

看过这个之后，我更觉得没必要和那些质疑我的人较真、生气。我觉得重要的还是努力提升自己，就好像一座建筑一样，在一开始，被人吐槽设计得不好，布置得不合理，在这些质疑声中，慢慢地调整，慢慢地改善，总有一天会成为被人们惊叹的艺术品。

所以，不管别人说什么，我还是会做自己坚持做的事情，会在微博上发布一些我对生活的态度和看法。虽然我也知道自己演讲的能力不算好，有些时候讲话没什么逻辑性，但是，我不能因为怕被别人吐槽就躲起来，别人越是吐槽我，我越是要证明给他们看，我每天都在进步，我每天都在朝着更好的自己发展。

在微博上我聊了许多话题，如何抗压力，如何选择自己的事业，如何避免自卑心理等。每一个话题，我都会用自己亲身经历的故事和网友一起分享，我觉得他们能够从我的人生经历中得到一些对他们自身有用的东西的话，我真的不介意一直"爆自己的料"。在我收到的私信里，整容这个话题是一个避不开的问题，经常会有网友问我对整容的看法，我知道这是许多女孩子都很关心的问题，毕竟自己的长相是天生的，就算后天再怎么努力，能够改变的也是非常有限的。但是整容又是一个很有争议性的话题，许多女孩子希望能够通过整容让自己变得更加自信，但是又担心别人知道自己整容后，会对自己有不好的议论。

我一直想谈一谈整容这个话题，但是我身边的朋友会拦着我，他们觉得这个话题的主题性太强，担心我聊了这个话题，会遭到一些人说出对我不好的话来，会有一些原本支持我的人不再喜欢我了。但是，我想喜欢你的人在理解了你之后总是会喜欢你的，而不喜欢你的，不论你做什么，说什么，都不会喜欢你的。

所以，我没必要再为了这些纠结，我就大大方方地发了一期视频，和网友分享了一下我做微整形的经历和一些小的认知。我分享那个视频，并不是鼓励所有的女孩都去整容，毕竟整容不是一件小事情，你需要做好十足的心理准备才可以。我只是想要通过那个视频，告诉大家许多事情并没有你想象中的那么可怕。在我发那个视频之前，我做了各种担心，心里有很多顾虑，但是我把视频传到微博上之后，我觉得其实也没什么，就是大大方方地把真实的自己展现出来，喜欢我的人会更喜欢我，不喜欢我的人，对我说些什么质疑的话，我也不会往心里去的。

我在2013年的时候，第一次接触了微整形，打了卧蚕，用的是玻尿酸，对于之后的效果，我本人还是挺满意的。在选择玻尿酸的时候，有许多种种类，大分子小分子什么的，作用在不同的部位，用的都是不一样的玻尿酸，这个选择一定要去靠谱、权威的医院，让专业的医生帮你做，而不要听信街边美容院的小广告，也不要贪图便宜，选择一些没有资质的医院去做，毕竟关系到我们的脸面，不能马虎。

2016年的时候，我选择微整了嘴唇和下巴，在做完之后，就被一些眼尖的网友看出来了，但是有一些粉丝还是特别笃定地维护我，说我没有整容，看到他们彼此互相争辩，我反倒挺不好意思的，我其实对这一次的微整不是很满意，下巴打了针之后，我觉得并没有达到我之前预想的效果，心里有一点点的小失落。不过，这就是整容，在整之前，我们总是会把结果想得过于完美，但是当实际效果呈现出来的时候，我们会发现，现实和想象中的还是有一定差距的。

爱美之心，人皆有之！每个人都想自己能够漂漂亮亮的，我每次看到美女的照片，也会想自己要是长得也这么漂亮就好了，这样就能摘下"最丑网红"的"殊荣"了。其实，我选择微整容之前，也是考察了很久，我查了许多资料，问了很多专业的人士，最后才决定做的微整形，选择了打玻尿酸。

我之所以选择打玻尿酸，而没有选择其他的方式，是因为玻尿酸一年之后就会被我们的身体吸收，改变的地方会恢复起来，就算在微整形之后，自己有什么地方不满意，在时间慢慢推移之后，还可以恢复，如果选择了开刀，或者垫东西，那想要恢复原样，就会有很大的困难了。我虽然爱美，但不会没有理智地、毫无节制地去动自己的脸，我不会担着很大的未知风险。

　　我不会反对爱美的女孩子选择整容，但是我会对她们说，容貌虽然重要，但是也没那么重要，我们每个人都有自己的模样，没必要为了爱美，都整成大眼睛，小嘴巴，千篇一律的样子，一点特色都没有。但是，如果你觉得整容会给你带来心理上的很强大的一个支撑，那么你可以尝试，毕竟这是你的自由，没有人能够阻拦。

　　在我心里，我觉得每个人都有选择自己生活的权利，如果你真的准备好了，那么就不要介意别人的话。

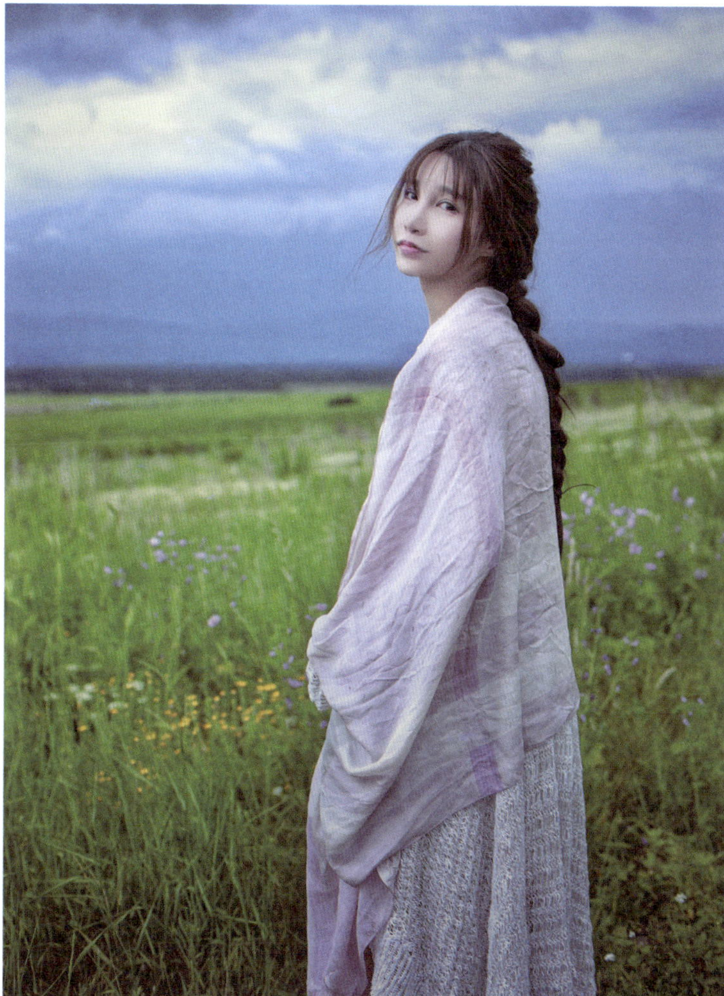

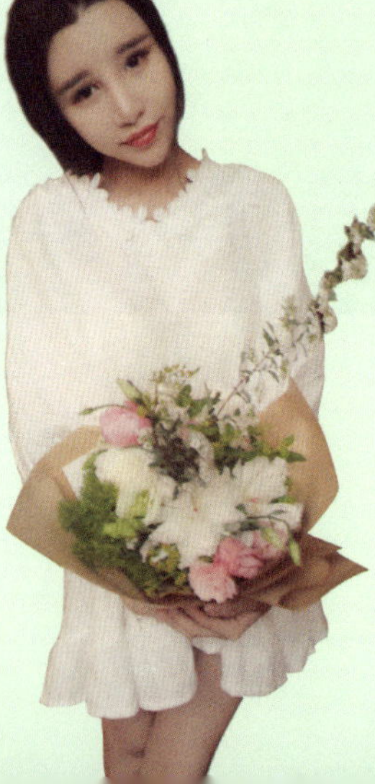

Chapter 7
陪伴是种温柔的能力

陪伴很重要,可以相互给予,彼此温暖,有些人来到你身边就不会再离开,但是大部分人会像你经历的风景一样,在下一程就离开。有些道理是突然间明白的,有些人是倏忽间走远的,每当我遇到一个值得珍惜的人,我都会在心底告诉自己,好好对待我们相处的这段时光,因为终究会面临别离。

友情恒久远，真心永流传

朋友真的是我生命中非常重要的一个存在，在我看来，真正的朋友是可以和你一起发疯，分享快乐和承担痛苦的人！并且会永远一直发疯下去的人。

我一向都是将心比心地交朋友，我交朋友从来不会去看对方是什么背景，家里是不是很有钱，对自己是不是有帮助，这种功利性的交际在我这儿是完全行不通的。我交朋友就五个字：真心换真心。

真心就是我交朋友唯一的一个衡量标准，我愿意以真心对待身边的朋友，也希望能够得到朋友的真心对待我。在朋友眼中，我特别替他们操心，每天就跟街道办的居委会大妈一样关心他们的生活和工作。

在我看来，既然是朋友，我就一定要帮他们把自己没考虑到的地方都想到了。我特别希望我朋友能够过得很好，无论是生活上,还是工作上,我都想尽我自己的能力去做到这一点。对于朋友的事儿,我比自己的事儿还上心,我有一个发小,是我特别好的哥们,和我从小玩儿到大,属于无话不谈,像家人一样的关系。

这个哥们人特别好,但就是在工作上不够努力,或许是我对身边的人要求太苛刻了,我总觉得他应该能做得更好,但是他就是达不到我的要求,我就会不厌其烦地在他耳边念叨,跟他讲他做得不对的地方,有的时候他也会嫌我烦,现在想想那时候喋喋不休的自己,我都嫌那时候的我烦。

为了我发小的事业发展,我还把他拉到美沫和我一起工作,但是,并没有找到一个适合他性格和能力的岗位,在美沫待了很短的一段时间,他就决定离开了。虽然我心里不愿意,但是也不能勉强他做他不愿意做的事情。

发小离开美沫之后,慢慢找到了自己心仪的工作。虽然从我的角度来讲,我对他的那份工作并不满意,但是我也不会再像以前那么唠唠叨叨了。因为我慢慢发现,每个人都有自己的位置,我不能总是强求别人处于我觉得不错的位置上,也许我觉得那个位置很好,但是别人未必是那么看的。

我以前总喜欢拉着朋友和我一起做点什么事情,我觉得和朋友一起去打造一份事业特别地好,但是,每一次我和朋友共事,总是要闹出点不愉快来。因为我的性格比较倾向于完美主义,对待工作,我一定是要精益求精,眼睛里不能揉沙子,在我"苛刻"的要求下，朋友总是很快就受不了了，毕竟私下的相处是嘻嘻哈哈，没个正形的，在工作上，我突然来个大变脸，没人能忍受。

所以，慢慢地，我也就不再去操心朋友过多的事情了，我明白了人与人之间相处还是要有距离感的，总是过近距离的相处，会很容易伤到彼此。我现在和我发小在一起，我就不会像以前那样动不动就问他工作怎么样，将来有什么打算，现在想想我以前，真的跟一个中学教导主任一样。现在我们的相处就是简单地聊聊家常，说说八卦，我反而觉得轻松很多，愉快很多。

我很喜欢这种彼此都很放松，不需要戴着面具的友情关系。因为有过几次被朋友伤到的经历，我一度变得很不相信友情，我觉得大家长大成人之后，彼此之间的关系都很脆弱，就像一张纸一样，都在戴着一张面具和别人交往，我看不透面具背后的那张脸到底是笑着还是冷漠，我也觉得很累，不想带着猜忌和提防去交朋友。

有一次和我一个非常好的朋友聊天，我大吐苦水，我说我觉得友情比金钱重要太多了，但是我那位朋友说在有些人心里却认为你的价值比你这个人更重要。朋友的那句话让我沉思良久，我觉得既然人际交往这么复杂，那我就干脆不要付出自己的真心好了，只要我不付出，那我就不会受到伤害。所以，我遇到让自己难过的事情，我也不会表现出来，我会装作很无所谓的样子，遇到我想珍惜的人，我也会因为害怕再受到伤害，而不敢表现出自己的热情和感情，我就像把自己包在一个壳里的那种感觉。

但是，我虽然故作坚强，但内心里还是很软弱，很想有真正可以让我信赖的朋友在身边的。我在微博上常常有好朋友和我一起"出镜"，其实一开始他们是拒绝的，但是抵挡不了我大摩羯的霸气，所以最后只能乖乖就范，被我"摆布"了。

像马思涵、猴哥他们，都是我特别好的哥们，一起八卦吹牛，分享心事，我们是能够交心的朋友，有他们在我身边，总会让我感觉到特别有安全感。但是，有人曾给我这样评论过，你和马思涵他们都是合作关系，你们网红都是有预谋有策划的，你们发什么东西都要被公司管着，你们在视频里关系那么好，其实都是互相炒作。

虽然已经在微博上解释过很多次了，但是在这里，我还是想郑重地澄清一下，我和马思涵、猴哥到底是什么关系。

其实你们猜对了，马思涵，还有猴哥跟我真的是合作关系，我们合作在于马思涵是我雇来的保姆，负责擦地、洗衣服、做饭。猴哥是我雇来的保镖，负责遛狗、开车……

猴哥有一次做了一件让我挺感动的事情，猴哥他本人挺大大咧咧，挺爷们的那种，我也是那种男孩子气的性格，所以，我们还挺能玩儿到一起的。有一次，我们一大帮人约着出去玩儿，我忘记因为一个什么事情，我和猴哥争辩了几句，我最后甩了几句话走开了，但是没过一会儿，猴哥就走过来耐心地哄我，让我消气。那一瞬间，我觉得特别地感动。

令我感动的不是因为猴哥放下自尊来哄我，而是因为觉得自己已经太长时间把自己包裹在一个厚厚的壳里，而一直忽视了其实一直陪伴在我身边的、真实的、珍贵的友情，我一度就像那个被蛇咬了的农夫，丧失了自己的勇气，就连看到一根缰绳也会觉得害怕，充满了对这个世界的不信任。但是，猴哥无意中的一个举动，让我看到了我内心柔软的一面，我还是一个希望被呵护、被关心的小女生，也让我看到了我对真心的那种渴望。

有的感情经历过后才知道珍贵，正是因为经历过被伤害，所以，才更珍惜现在身边围绕着我的朋友。有的时候，我出远门回来，朋友会在家里给我做一顿丰盛的饭菜，为我接风洗尘，这会让我很感动。我常常会为生活中一些不起眼的小细节感动到，我觉得正是这些细节，为我的生活构筑了一道温情的帘子，能够把我护在风雨之后。

我很重视生活中的这些小小的仪式一般的举动，我觉得人生需要有仪式感，仪式感对我来说很重要。比如在友情这方面，朋友在我出差回来迎接我，或者朋友遇到什么好事，我会送一个小小的礼物，这些虽然看起来很微小，但仪式感十足的"小动作"，会让我觉得心里特别踏实。

现在的我，生活中有一些很好的朋友，我们都是经历了时间的沉淀的友情，和他们在一起会让我觉得特别安心。我喜欢和朋友在一起，他们有时候会住我家里，把我家当成自己家一样，照顾我的狗狗，照顾我的宠物猫，也会照顾我。即便是有的时候，我们可能会因为工作忙，好几个月见不了面，但是只要一个电话，互相有什么事情，彼此都会二话不说地赶来帮忙。

这种不需要铺垫和矫情的友情，是我特别珍惜的。在友情的道路上，我们互相照顾，我性格大大咧咧、马马虎虎的，我的朋友有时候就会为我的一时冲动去善后，或者为我分析我冲动之后的利弊，让我冷静下来。而我也会给我的朋友们出主意，无论是他们工作上，还是生活上遇到问题，我都会尽我所能地帮助他们。

我们会互相需要，但又不会彼此产生嫌隙，我们会互相体谅，互相扶持，就像身体的左手和右手一样，平时在一起可能没多大感觉，但是遇到困难的时候，就会有谁也离不开谁的那种感觉。

珍惜每一次在一起，因为不一定再相见

龙应台的文章《目送》里写过一段话，一直令我记忆深刻："我慢慢地、慢慢地了解到，所谓父女母子一场，只不过意味着，你和他的缘分就是今生今世不断地在目送他的背影渐行渐远。你站在小路的这一端，看着他逐渐消失在小路转弯的地方，而且，他用背影默默告诉你：不必追。"

其实，我觉得这段话适用于所有的关系，在不断前行中，总是有些人会闯入你的生命，而有些人会与你分离。我小的时候，爸妈因为工作很忙碌的原因，我和他们在一起住的时间很少，大部分时间都是被姥姥和姥爷照顾，尤其是我爸爸，在我童年的印象中，他总是出差，即便回家来，和我也不算特别亲近。十几岁的时候，我又出国读书，回国后就自己一个人住在外面，现在因为工作的关系，我和父母见面的次数也算不上多，比起那些每天和父母住在一起，朝夕相处的孩子来说，我和我爸妈相处的时间

真的是挺有限的。

以前不怎么在乎，反而还觉得离父母远远的，没人管我，会更自由。可是现在随着年龄的增长，会更珍惜每一次和家人在一起的机会，他们对于我的生命有着特别的意义，正是因为有了他们的陪伴，我才能一直走到现在。

我被高中开除的那一次，我拖着拉杆箱，蔫头耷脑地从学校里出来，担心我爸生气之余，再揍我一顿，因为之前我偷着抽烟被学校老师逮住的这件事情，我爸已经抽了我一顿了，我当时只是担心会挨揍，完全顾不得想别的事情。

提心吊胆地坐上车，我爸的举动让我特别惊讶，他抱着我哭起来，跟我说："闺女，爸爸这一次真的是帮不了你，从小到大，你有什么事情，我都可以帮你，但是这件事，我真的是帮不了你。"

当时，爸爸的眼泪让我特别受到震撼，因为那时候，我总觉得我爸不爱我，他从不像别人家的爸爸那样无条件地哄着自己的孩子，我爸总是给我一种很刚硬的感觉。但是，那一次爸爸为了我而流眼泪，让我知道了爸爸在心底一直是很爱我的，他只是用他自己的方式在爱着我，他希望我能够足够坚强，足够强大，能够毫无畏惧地去应付整个世界。

在后来，我如愿以偿地长大成人，成为自己一心想要成为的那种人，可以骄傲地对爸爸、妈妈说当初你们认定我没出息，现在的我比你们那时候拿来和我比较的那些孩子要强太多，在他们还在辛辛苦苦找工作的时候，我已经可以给别人一份工作了，在他们还在为了房租、水电发愁的时候，我已经为公司的下一步规划而投入精力了。

我努力地想要证明给爸妈看，我是多棒的女儿，而他们更多为我考虑的并不是希望我多优秀，而是希望我一生能足够安稳，顺利，快乐。我现在越来越深刻地体会到了家人的温情是多么可贵，可能是因为之前经历过离别，所以，内心深处是很抗拒这种分别的伤感情绪的，就一直想着要在家人健康的时候，尽可能地多和他们在一起。

几年前，爷爷去世的时候，是我特别伤心的时刻，现在回想起那时候来，我还特别后悔自己没有在爷爷去世前和他说说话，因为那个时候已经难过得一个音都没办法从喉咙里发出来了。我读过一篇文章，文章里写到人在死之前，最后丧失的一个感知就是听觉，如果我当时和爷爷说点什么，他一定能够听到，他能够知道是他孙女在和他做最后的告别，可是当时我什么也没说，现在每每想起这件事，我就特别后悔。

那时候，我正在上海机场准备转机，我爸给我来了个电话，说爷爷不行了，让我赶紧回北京。我当时整个人都木了，自己都不知道自己是怎么去的医院。在ICU病房里，我站在爷爷的病床前，看着浑身插满了管子的爷爷静静躺在床上，除了哭，我什么也不会做了，那时候唯一的感觉就是无能为力，真的是无计可施。

后来，在和表哥们给爷爷守灵的时候，我们找到了爷爷生前送给表哥的一支录音笔，我们一起很迫切地想知道爷爷说了些什么，可是打开录音笔后，录音笔里只有爸爸教爷爷如何使用录音笔的一段录音。我们当时特别沮丧，特别希望能够听到爷爷说的一句话，哪怕一个词也好，可是录音笔关于爷爷的声音，什么也没有。

当时的那几天，我总是忍不住就流眼泪，想起好多小时候的事情，想起爷爷和我说过的话，想起爷爷以前老逼着我吃东西，问我这个吃不吃，那个吃不吃。以前我还嫌爷爷烦，老打断他的话，可是，当我再想听爷爷说话的时候，已经是永远不可能的事情了。

经历过人生的生离死别，至今还是不能忘记看到爷爷最后的那一眼。记得在ICU的时候，我握着爷爷的手，他枯萎的手掌一点力量也没有，那时候想想，自从长大至少有十年没有握过爷爷的手了，心里特别难过，就想使劲把爷爷的手掌温度留在心里，记在心底。

离别总是不可避免的，无论你怎么努力去挽留，都无法改变结局。这个想一想就挺难过的，想起小时候，我养过一只小猫，但是养了半年多，我妈妈就抱去送人了，她说她太忙了，没办法照顾好这只小猫，我当时虽然舍不得，但也没有反抗。没想到在送走家里的小猫的第二天，突然又有一只小猫跑进了家里，我特别喜欢，我妈也很喜欢，她喂那只小猫吃了很多好吃的，但最后，我妈还是以没办法照顾为理由，把小猫送走了。

现在，我常常想离开家里的小猫这几年过得怎么样，有没有被好心人收养，有没有挨饿，如果当时留下那只小猫，我会不会把它照顾得很好。也会想如果小猫留在我身边，当有一天它生病必须离开的时候，我得伤心成什么样。

前两年养过的一只猫，我叫它包子，圆乎乎的特别可爱，突然得了病，我带它去了好几家医院检查，医生都说基本没必要治疗了，建议我给猫做安乐死，但是我不愿意放弃治疗，换了医院继续检查，当时就觉得哪怕还有一线希望也不能放弃。在包子生命的最后那段时间，我每天看它无精打采的，我自己也很痛苦。医生说包子是低蛋白血症，是因为某一调节功能改变导致无法吸收蛋白质，医生的意思是就算输血也是受罪，根本没办法治疗，而且拖得越久，包子越痛苦。

最后，包子离开这个世界的时候，我又一次深深感受到了什么是无能为力，什么是无计可施。我们总是希望自己能足够强大，能够保护和照顾好身边的人，但是在面对离别时，我们再有能力，也只能眼睁睁地看着我们爱的人离去。与其在最后的时刻不停地懊恼，后悔自己没有在之前的时间里多陪陪他们，多和他们说说话，不如在大家都能相聚在一起的时刻，好好珍惜这个时刻。

有的周末的时候，我姥姥和姥爷，还有舅舅、妈妈一堆人，会来到我家和我一起吃饭，一大家子人围在一起吃家常便饭，特别寻常，但也特别温馨。每当这个时候，我都会格外用力地记住每一分钟，因为我看过一句话："我们一定要好好珍惜彼此，因为我们一定会分别很久。"

[180 ⋯

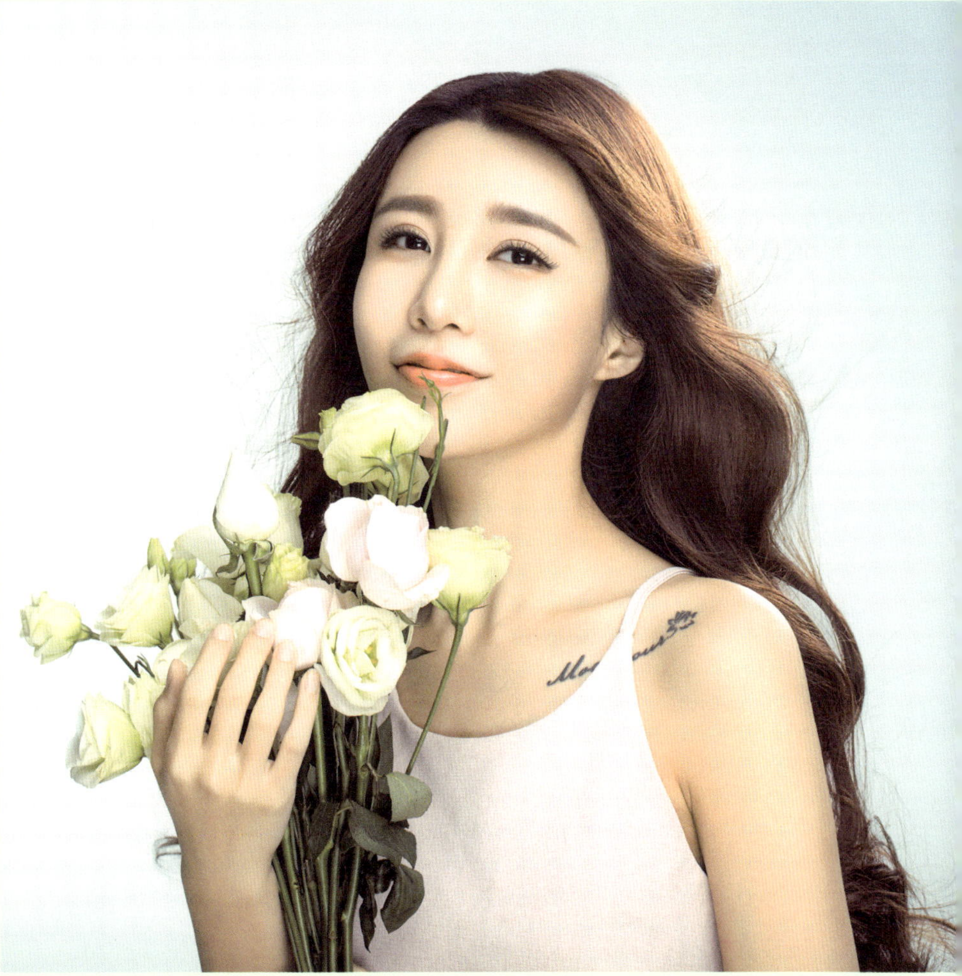

时间不一定是杀猪刀,还有可能是孟婆汤

没有被时间冲淡和离散的人,才是最值得珍惜一生的人。但在时间的长河中走散的人,也曾有过一段难忘的回忆,只是因为各种原因,我们彼此不能再相互陪伴了,虽然有点伤感,但是也无可奈何。

很多人都是我生命中的过客,回头想想,这些过客或许也给我们带来过很多感动。曾经宣誓成为最好的姐妹,在彼此怀里流泪。曾经海誓山盟要永远在一起,一起艰辛走过。爱情、友情,从我身边流过的人很多。或许有误会,或许再也不见。今天很想和这些过客说感谢,因为他们曾经也给过我莫大的支持和感动。

在我上小学四年级的时候,有一个特别好的朋友,我们每天都在一起,下课一起去厕所,放学一起回家,小女生那种黏黏糊糊的友谊,在那时候的我们身上,体现得淋漓尽致。但是有一天,因为我无心的一句玩笑话,她就和我绝交了,再也不搭理

我了，看见我就把我当空气。我当时心里特别难受，我就每天都在哭，大概一直哭了大半个学期的时间，我和我这个好朋友闹矛盾的事情，全班都知道了，大家都为了让我俩和好，去找她说好话，但是她就是不肯再和我做朋友。

小孩子毕竟是小孩子，再大的悲伤也会过去的，我又是心思比较大大咧咧的那种，虽然对于我的这个好朋友不理睬我的事情，心里还是会觉得不开心，但渐渐地还是找到了新朋友。有了新友谊之后，对于旧的情谊也就似乎没有那么依依不舍地留恋了，但是没想到，我这个好朋友开始在班里四处传我的坏话，这让我很不解，我不明白她为什么突然一下子变得这么讨厌我，这个问题一直到我小学毕业也没有找到答案。

一直到很多年之后的一次班级同学聚会上，才有人告诉我当时我那个好朋友为什么那么讨厌我，因为她觉得我插足了她和她的一个好朋友的友谊，所以她对我非常生气，觉得我不应该和她那个好朋友走得那么近。

多年之后才明白小时候的那场误会是怎么回事，我心里说不上是释然还是无奈，因为一点点的小事情小情绪，两个原本那么要好的朋友就这样不再联系了。我知道女生之间总是会有这种类似"友情绑架"的小情结，女孩子之间的友情总是要更加霸道一些，我那个好朋友可能觉得我和她玩得最好，那我就不能再和别的女孩子相处得更好，我应该把她当成唯一的朋友，而不是朋友之一。

这件事情只是我人生中很小的一件事情，不过有的时候想起来，还是会不自觉地想象一下如果我们那个时候没有闹翻，现在还会不会继续着这份友谊，还会不会是彼此最好的闺蜜。当然，这些假设只存在于想象中，现在我那个好朋友应该有她自己的生活，有自己的朋友圈子，我们之间的友谊毕竟是太久远之前的事情了，可能对于她来说，都已经不会记得太清楚了。

时间真的是一碗孟婆汤，晃晃悠悠地就把之前认为珍贵到一辈子都不会忘记的记忆给模糊了。

在我上了初中之后，我又交了一个很好的朋友，她是家长和老师眼中的乖宝宝，学习好，讲纪律，特别听话，而我就是家长和老师眼中的反面教材，不爱学习，不听话，我们两个能玩到一起也是让老师很不能理解。为了不让我影响她，老师没少找她谈话，让她尽早远离我，不要老和我一起玩儿，但是，她都没有听，还是每天和我一起玩。

但是，到了上初三之后，她忽然开始疏远了我，每天不是和我那么亲近了，我又一次不知道原因地被朋友冷落了，但是那时候我很快就休学回家了，和同学们的联系少了，和她也不再联系了。之后在多年后的一次聚会上，她主动找我和我解释那时候不理我的原因，大概就是因为听了别的同学讲我的坏话，她对我产生了误解。

不管怎么说，这些事情都过去那么久了，我也压根都没放在心上。铁打的光阴，流水的朋友，每一阶段都会有每一阶段的朋友，在下一个十字路口的时候，你们会因为不同的目标，不同的理想而分道扬镳，在日后，有的人也许会重逢，有的人只会怀念。

日常TALK ——最好的幸福是你永远在我心里

在我小的时候，总觉得自己特不幸福，觉得爸爸经常不回家，妈妈经常教训我，姥姥和姥爷老管着我，好多好多的小事都让我觉得我不如隔壁家孩子幸福。长大了以后才觉得，自己一直生活在家人的关心和爱里，他们为了让我好好地健康幸福地成长，为我付出了很多很多。

我妈妈是一个特别好的妈妈，我很爱她，虽然我经常和她拌嘴，从小到大一直在惹她生气，但是我对她的爱从来没有减少过一分。小的时候，我爸爸工作很忙，我妈妈虽然也很忙，但还是会用她所有的空余时间来照顾我，现在想一想，我妈妈对我的爱真的是无微不至，小时候，我上学前的早餐，她都会变着花样地给我准备。我妈妈其实是一个不怎么做饭的职业女性，但是为了我，她每天早上六点多就起床，在厨房忙叨叨地准备早餐。换位思考一下，如果我现在当了妈妈，让我每天一大早睡眼惺忪地起来去做饭，我心里真的是一万个不情愿，不乐意。

虽然我妈妈经常和我唱反调，我从小到大，我妈最常做的一件事情就是反对我干这个，反对我做那个，在我的印象中，我但凡提出一个想法，我妈就会像条件反射一样，都不用过脑回路地就断然拒绝。青春期的时候，我没少为了这些事情和我妈吵架，我觉得她特别不理解我，和我完全是两个世界的人，我很希望得到她的认可和承认，但她从来既不会表扬我，也不会赞同我。

现在长大了，我也慢慢地明白，妈妈其实是担心我，她用自己那样一种方式，笨拙地表达着自己对我的关心。我妈是一个性格比较传统的人，我是一个女孩子，她就希望我能够和大部分女孩子一样安安稳稳、平平顺顺地过一生就好了。在我上蹿下跳地折腾着要出国的时候，我只看到了她对我的反对，却没有看到她眼睛里面藏着的满满的担忧，唯一的女儿要去那么远的地方，一个母亲怎么能放心大胆地就同意呢。在我忙得死去活来创业的时候，我妈千方百计想要打消我这个念头，那时候，我觉得我妈一点都不懂我的理想，不明白我的感受，但现在我能够体会她当时对我的那种心疼。

和我爸比起来，我妈给我的爱更微小，但是却无处不在。随着我现在一天天长大，变得更成熟，我也更能够理解我妈了。我常会和我妈聊天，和她聊一聊我小时候的事情，也聊一聊她的一些想法。我们现在虽然不朝夕相处了，但是我觉得我们的关系变得更融洽了，比起母女的关系来说，更像是交心的朋友。

小的时候，我也总觉得我爸不够爱我，他不关心我，我做什么决定，到最后我爸总是说随你吧，你愿意就行，你不后悔就行。总之，我爸的人物设定和一般同学的爸爸都不太一样，虽然我也不希望他像别的同学爸爸那样把我成天管得死死的，但是我也不希望我爸像对待同龄人一样对我，让我感受不到一点点宠爱的感觉。

也是在逐渐长大的过程中才明白，爸爸其实心里是很爱我的，只是爸爸的那种爱不会轻易流露出来。他会永远把我放在他的心里，但是却不会时时刻刻挂在嘴边，他不会像妈妈那样操心我的吃吃喝喝，不会天冷的时候就担心我穿少了，天热的时候担心我中暑了，爸爸只是会在我最迷茫、最需要人指点的时候陪在我身边，用他的人生经验告诉我应该怎么做，但是他也从不会强硬地限制我。

从小到大，我对幸福的定义一直在变化。很小的时候，觉得能拥有自己喜欢的玩具，能吃到自己喜欢的零食就是最大的幸福；青春期的时候，觉得能做自由不羁的自己，不被爸妈成天责骂就是最大的幸福；到了现在，觉得最好的幸福就是把最爱的人始终放在心里，而与此同时，自己也被最爱的人放在心里。

189

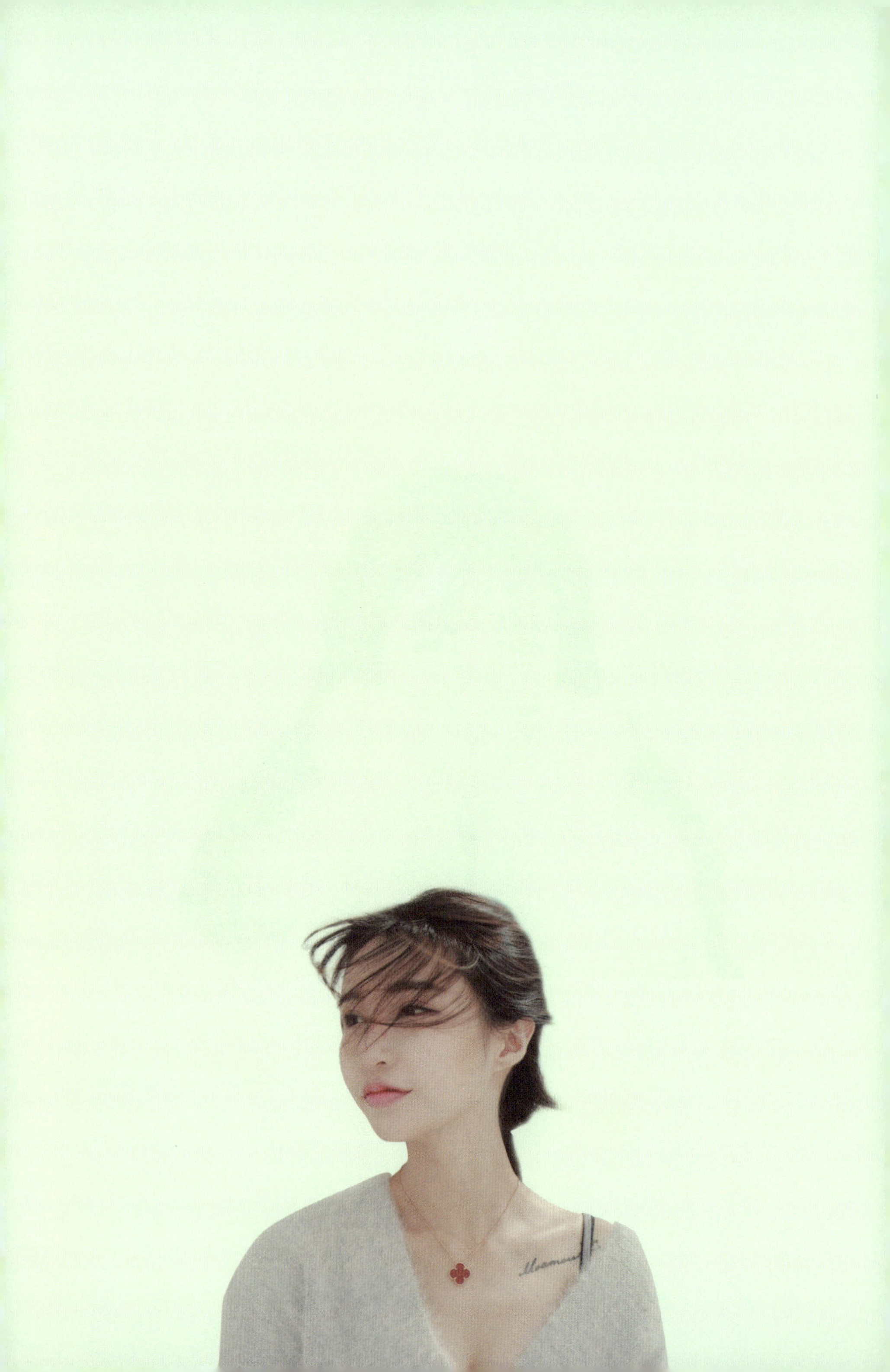

Chapter 8
爱情就像冰雹，在你毫无准备时砸你一头包

在爱情中不仅仅要做一个受宠温柔的小女人，同样要做一个独立有思想的女强人。女孩绝不能因为虚荣心而去降低自己身份！最重要的是自爱自强，获得男人的尊重！只有相互尊重的爱情，才是真正长久的爱情！削尖脑袋找一个有钱人不如自己努力让真正极品男人欣赏你。

失恋这事儿越早越好

现在各种言情剧越来越多，五花八门的，有讲豪门恩怨的，有讲王子爱上灰姑娘的，还有讲悲虐好几角恋的。我要是忙个几天没开电视，再打开电视时就会发现自己已经完全跟不上言情剧的套路了。

听朋友说现在最流行的一种就是霸道总裁与傻白甜的言情套路，就是剧里男主角集宇宙中所有光环于一身：帅气、多金、腿长、智商高……一定要是男人中的战斗机就对了。而女主角一定是平凡到比灰姑娘还要普通的人：不出色、没人重视、笨、蠢、没眼力见，还脾气不好……

然而就是这么样的两个人，却会爱得天雷勾动地火，打死也分不开了。经历了千辛万苦的磨难之后，最终走入了幸福的殿堂，过起了快乐无边的生活。

说实话，这种套路的剧在我这儿真的是没什么销路，看两眼一定会关掉或者换台。两个相差十万八千里的人怎么会爱得那么瓷实呢？生活中真实的爱情想要健康地发展，一定是建立在一个坚实的基础上的，我说的这个基础并不单单指的是物质基础，更多的是两个人的精神世界是否能够相互融洽。

简单点说，就是两个人今后在一起，是不是能聊得来。记不得在哪里看过一个节目访谈，主持人问被采访的男嘉宾，如果再选择配偶，会是什么标准。那个男嘉宾几乎想也没想就说想找一个能说到一块的人。当时，我看完还不以为然，觉得这个要求太低了，能说到一块的人太多了，朋友啊，创业伙伴啊，好多人都能说到一块去，那未必就都可以纳入择偶范围吧。

可是，现在我渐渐能明白他话里的意思了，两个人在一起，随着时间的推移，再浓烈的爱情也会被流水的时光冲淡，到那个时候，激情不再，维系在两个相爱的人之间的纽带就是能够彼此融洽相处。

我想拿我爸妈的婚姻举例子，因为他们之间的爱情是对我影响最深的，在我从小到大看来，他们的婚姻并不能算合格的婚姻，小的时候，我觉得他们总是为了很小的事情争吵，吵到最后谁也不服谁。他们有着共同的事业，一起打理着我爸的公司，但是他们之间很难得看到一团和气的时候，也许作为事业上的伙伴，他们是OK的，但是作为生活中的伴侣，他们在许多事情上都无法沟通。

一对无法正常沟通的夫妻，他们之间的爱情或许曾经浓烈，但随着争吵和生疏，再美好的爱情也会被消磨殆尽的吧。当我姥姥有一天给我打电话，告诉我我爸妈离婚的消息时，我心里又不敢相信，又早有预料。虽然我对他们分开的事情感到难过，想到我们一家人今后再也无法在一个屋檐下相处，我就会觉得有点不知所措，但站在一个成年人的角度来看待这件事情，我觉得也许对于他们来说，分开才是对彼此最负责任的选择。

两个连话都没办法好好说上几句的人，勉强在一起会给对方都带来很大的负担吧。爱情的承诺是很美好，谁都想要一生一世的保障，但是现实生活就是这么冷酷，每个人都在变化，两个当初携手与共的人，当一个人无法追赶上另一个人的脚步时，那么摆在他们面前的势必就是分开的结局。

我爸妈分开之后，我觉得他们反而生活得更加幸福了。我爸爸在丽江开了客栈，就常年驻扎在那边，每天的日子安逸，舒适，晒晒太阳，看看美景；而我妈妈的性格也变得越来越好了，我一有时间就去看她，带她出去旅游，看着她的气色和精神状态越来越好，我觉得有的时候结束才是新旅程的起点。

我们总是害怕结束，尤其是在爱情这件事情上。有许多女孩子会抱怨自己被抛弃了，会抱怨自己付出的真心打了水漂，没有得到回报。所以，许多女孩子在已经明知道一段爱情无法挽回时，她们仍然千方百计地想要留住这段爱情，对于她们来说，挽留的不是爱情，而是她们的不甘心。但是这并不能起到什么作用，该离开的最终都会离开，无法留在你身边的人，最终都会离散。

在我爸妈感情闹得很僵的时候，我总是两头劝，我希望他们别离婚，毕竟在一起生活了这么多年，就算合不来，多少还是有感情在的，而且我也有自己的一点小私心，我希望自己能够有一个完整的家庭。但是我的劝说并没有起到什么效果，他们最终还是选择了分开，而在他们分开后，我也想开了，既然勉强在一起没有幸福，那不如早一点分开，各自去寻找各自的幸福。

爱情和婚姻在我们的人生中都是有很重要的位置的，但不能因为它们重要，我们就死死抓住已经不适合我们的一段爱情或者婚姻不放手，那其实是对自己的一种耽误。常常有女孩子提起自己的前任，就会咬牙切齿，我总是会安慰她们，没关系，失恋这件事情，还是越早越好。

每一段感情都会教会你一些东西，帮助你成长，在你不成熟的时候遇到一段不成熟的感情，自然是无法顺利开花结果的。与其一直对这段逝去的感情无法释怀，不如早点打磨自己，把自己打磨得精致、美丽，以更好的心态去迎接下一段爱情。

也有一些女孩，会因为害怕失恋而拒绝开始，我觉得这也是完全没必要的担忧。爱情就是人生的一堂课，只不过有的人早早及格毕业，有的人不停补考，但总是要比交白卷好的。就好像你不能因为下雨天走路摔了一跤，就再也不在下雨天出门了一个道理，如果总是因为害怕失去而不敢伸手，那就不会看到雨后挂在天边的彩虹有多好看。

对于爱情这件事情，我并没有什么金玉良言，我不是爱情专家，也不像一些小女生天天围绕爱情胡思乱想，对我来说如果有一份美好的、适合我的爱情出现，那我一定会勇敢地去追求，可是当这份爱情还没有降临到我身上的时候，我也不会每天心心念念地去牵肠挂肚，在我看来，人生有许多事情远比爱情更重要。

不知道是不是从小受我爸的影响比较深，我爸给我的感觉总是很理性，不会为了一些事情而去波动到他的情绪。所以，我不是一个喜欢伤春悲秋的人，我觉得这个世上没什么过不去的难关，我也在恋爱中受过伤害，但我不会每天拉着朋友去痛诉那个给我带来伤害的人，我觉得这样做对恢复自己一点帮助也没有，反而会让自己一直沉浸在过去的那段感情中无法走出来。

就好像网上的一个小故事，一只小熊不小心受伤了，它的腹部被划开了一道很深的伤口，流了很多血，它把伤口包扎好后往家走去，路途中遇到了小兔子，小熊就把纱布揭开，给小兔子讲自己受伤了，伤口特别疼，自己特别可怜之类的话。小兔子很同情地安慰了它几句，接着小熊继续往家走，这时，它又遇到了小狐狸，小熊再次把纱布揭开，和小狐狸讲了同样的话。就这样在回家的路上，小熊每遇到一个小动物，就要把自己的伤口展览一遍，和它们说自己受伤了很可怜，结果等它终于回到家，因为伤口不停地被揭开，流血太多了，小熊死在了自己家里。

在爱情中受到了伤害，没必要总是一遍又一遍地去强调自己受到过的伤害，这样你永远也走不出感情失败的阴影，只会被阴影影响得越来越消极。所以，我觉得当你已经坚定地认识到自己的爱情不在了的时候,就不要再想着以什么方式挽留了,失恋这种事儿,越早发生,越早疗愈。

　　有的时候,失去也未必是一件坏事,与爱情分道扬镳会有许多种可能,比如你们两个性格不合适,比如你们两个的追求不一样,比如你们两个人是没有了当初刚恋爱时的激情等。这些都只是爱情消失的原因,但不能成为你接下来人生不断去回顾的问题,与其纠结在过去的一些情感问题中,不如放下心里那些不开心的事情,迎接一份新的爱情。

爱情不需要取悦，而是要平衡

有人给我出过一道选择题：选择爱人的时候，你会选择你喜欢的，还是选择与你匹配的。我几乎没有犹豫地回答到，我要选择匹配的。其实这个问题对我来说很好解决，因为喜欢会因为不匹配而种种不合变得不喜欢。而匹配会因为慢慢在一起变得喜欢。

对于自己的爱情，我从来也不会遮遮掩掩，我觉得对于女人来说，爱情和事业同样重要，事业能为女人带来稳定的生活，爱情则能带给女人精神层面的稳定。一份美好的爱情可以让人变得越来越好。

我有我独立的经济，所以不会因为物质而降低自己对爱情的要求，我有我自己的喜好和工作，所以我不会因为孤独而过分去黏男朋友。但我不会因为自己在事业上多么成功或者有什么地位，就趾高气扬地对待爱情中的另一半，我不会把自己端得高高在上，让我的男朋友感到他像是我的员工。

对待爱情中的另一半是需要温柔的，我认为再成功、再独立的女人也要有贤惠、善良的那一面，所以我会为我的他学做他爱吃的菜，会为他准备惊喜，会为他选好看的衣服，遇到事情会和他商量，会和他撒娇，会对他尊重，给他信任和鼓励，在朋友面前维护他，给足他面子。

我曾经认为女人只要独立、强大就够了，虽然独立是一种对自己的保护或人生的追求，但一定不是对男人的压迫，爱情是需要平衡的，在爱情中的两个人需要相互尊重，相互为对方去着想，彼此珍惜才是维系长久爱情关系的妙计。

平衡的关系就是我的爱情观！

我离开你一样可以过得更好，你离开我不一定比现在更好。爱情中，我不需要取悦你，但是会体贴你，我们会一起朝着我们的目标努力，互相扶持。当然了，在爱情中，两个人总是会有一个人占着主导地位，另外一个人会是稍微地有一些依附的地位，但是在两个人的关系中，爱情还是要占主导的，这样就算哪一个人强势，或者哪一个人耍浑耍赖了，都不会影响到两个人关系的本质的。

我是一个对待爱情很认真的人，当我处在一段爱情关系中的时候，我就会努力地想要为这段感情做许多事情。在我去澳大利亚的时候，谈了一个男朋友，其实当时我决定去澳大利亚，也是因为这个男朋友在那儿，我才那么坚决地要去的，很小的年纪，觉得能够和爱的人在一起厮守，就算远离家人，异国他乡也是很幸福的。

当时的我为了爱情做出了许多让步，我那时候并没有意识到自己爱上的是一个不适合自己的人，反而是一头扎进了这段爱情里，双眼都被爱情给蒙蔽了，只能看到他的好，觉得他一点不好的地方都没有。在澳大利亚的那段时间，我所有的时间几乎都是围着他转，和他待在一起，没有自己的生活圈子，没有自己的朋友交际，我就像是他种在花盆里的一枝花，他把我搬到哪儿，我就到哪儿，一点自我的意识都没有。

为了能够让我们这段关系发展得更好，我为他做了许多事情。我从小虽然谈不上娇生惯养，但在家里也是不做什么家务的，我在国内的时候，都没想起来要为我妈妈捶捶背，没想起来为我姥姥刷刷碗，但是在他身边，我就像是一个家庭主妇一样，学着为他做了许多事情，而且当时也并不觉得委屈，反而觉得只要是为他做的事情，我都会从心里感到很开心，很乐意。

我们之后的关系发展得我越来越依附于他，他说什么就是什么，我完全没有了自己的主意，其实我是一个挺有自己主意的女孩，但就是在那段爱情中，我失去了自我，成了爱情的附属品。

后来，他还是选择和我分手了，在分手之前，他做过许多伤害我的事情，但我都选择了原谅，我觉得我这么包容他，他应该会一直留在我身边，但没想到他还是放开了我的手。这段感情给我上了很大的一课，对我的影响很深。刚分手的时候，我不断怀疑自己是不是哪里做得还不够好，不然他为什么会舍得离开我呢？

随着时间的推移，我自己从那段爱情中走出来之后，再回头去想，我和他这段感情的结束是早晚的事情。在那段爱情中，我一味地取悦于他，容忍着他，我们两个人之间的距离已经在不可避免地越来越大，我没有自己的交际圈子，只是和他的朋友在一起，我没有能力再为这段感情注入新鲜感，我就像是他的跟班一样，他说今天去东，我们就去东，他说明天喝粥，我就去准备做粥。

而且那个时候，我也不是很会提升自己，只是在下意识地跟着他朋友中一些漂亮的女孩学化妆，学穿搭，可是我的内心是空白的，我当时做的所有的事情都缘自不安全感，我希望能够留住我的这段爱情，我并没有想过失去这段感情，是因为我变得越来越不重要了，他越来越不需要我了。

爱情的维系靠的不是取悦对方，而是两个人之间的关系要达到一种平衡。就好像两个人坐跷跷板一样，彼此的重量是相当的，才能在其中找到乐趣，如果一个人特别地重，一个人特别地轻，两个人的体重完全无法让这个游戏变成一个有趣的互动的话，那这个游戏也就失去了它本来的意义。就算其中那个体重沉的人让着那个体重轻的人，故意踮起脚，把跷跷板的那一头翘起来，这个游戏也依然没有什么意思，因为在这场游戏中，两个人已经找不到继续这场游戏的理由了。

平衡的爱情关系会让彼此相处起来更加地放松，舒服，当你们坐在一起聊天的时候，能够分享彼此的生活，而不只是一个人在讲，另一个人在听，这样时间久了会很枯燥，讲的人也懒得张口了，听的人耳朵也要长茧子了。彼此都能给予到对方温暖，这样的爱情才会稳固。

其实所谓的爱情中的平衡关系也不一定要求双方的事业、物质都旗鼓相当，许多人都问过我一个问题，即是不是将来结婚会找一个事业和我相当，或者比我更好的人，因为这样我们才不至于为了钱的问题争吵。我觉得不一定，金钱只是代表事业的一个符号而已，赚的钱多还是少，都无法决定一个人的性格。也许有的人会赚很多的钱，但是他在生活的其他方面有很多你不适应的地方，但也许有的人事业平平，但是他能够和你一起成长，你们能够为你们的未来共同负责任，我觉得这个很重要。

一段平衡的爱情关系，取决于相爱的两个人内心是否彼此相通，能够知晓对方的频道在哪里。我爸妈婚姻的失败，我觉得有一部分原因就是他们都没有找到对方的频道。我爸爸是一个很有生意头脑的人，在事业上算是比较成功的，我妈妈是比较居家的人，能够把家里给照顾好，其实他们一个主外，一个主内，这样搭配起来也挺和谐的，但是他们总是会为了一些我觉得根本没必要争吵的问题而争执不休。

我爸对生活的品质有自己的追求，他会想要买一些很有品质的东西给自己，给家里人，但是我妈就会觉得为什么要把钱浪费在这些华而不实的东西上呢？我爸会认为这并不是浪费钱，而是对自己的一种投资，觉得我妈不理解他。那我妈就会觉得委屈，觉得自己是在替我爸省钱，替家里节约开支，我爸还不领情。

所以，他们两个人之间的感情一点也不平衡，他们在许多事情的理念上根本就是大相径庭的，在他们身上我能够看到两个人之间不是仅仅相爱，互相能够在一起搭伙过日子就可以走下去的，日子那么长，每天抬头不见低头见的，如果两个人的心灵没有交会点，无法真正地走入彼此的内心，去做到相互理解，那这段爱情是无法保鲜，无法持久的。

好多夫妻的口头禅就是："我都是为你好。"但是说这个话的人，也许根本就不明白自己的爱人需要的东西是什么。所以在我看来，爱情中的平衡更大一部分因素是两个人精神与心灵上的一种融合和沟通。

[204 ...

205

爱情的死亡，从来都不会是瞬间发生

一段爱情的开始，可能会是毫无缘由的，但一段爱情的死亡，一定是有着什么原因的，因为爱情的逝去，从来都不会是瞬间发生的。作为女孩子，我见多了身边许多女孩子的失恋状况，她们总是这样抱怨："我男朋友突然对我特冷淡。""我男朋友肯定爱上别人了，他怎么一下子就变心了呢？"

我只能说在这个结果发生之前，一定存在着什么你平时忽略了的原因。人都是有感情的动物，无论是开始一段感情，还是结束一段感情，都会在身体语言、心理活动上表现出来的。想要留住爱情，我觉得许多女孩子其实是用错了方法，她们一心想的都是如何留住男朋友，但这个办法其实不会那么奏效，因为如果你不再吸引他的时候，就算你再怎么想办法，他的目光还是不会回到你身上。

想要留住爱情，就要提升自己，我是研究如何变得更加美丽的，我觉得女孩子一定不要被那种"素颜最是自然美""内心最珍贵"这种心灵鸡汤的话给骗了，如果你的外形无法做到吸引人的话，怎么会有人接近你，再去探究你内心的珍贵呢？

女孩子就是应该漂漂亮亮地打扮好自己，我指的打扮并不是说一定要用昂贵的化妆品，穿高价钱的服装，戴奢侈品牌的首饰，我说的打扮是把自己最佳的那一面展示出来。比如你是一个身材高挑的女孩，那就可以穿几件凸显身材的衣服，让自己身材的优势显现出来；比如你是一个微胖的女孩，那就选择一些能让你看起来脸小的发型。

打扮自己，对自己用心，让自己走出去给人一种精致的感觉，这样的女孩子通常都不会运气太差的。我真的是希望每个女孩子都可以活得精致些，从各个方面为自己着想，让平凡的自己看起来不会是那么普通地湮没在众人间。

一些女孩子一心想要钓金龟婿，想要过上阔太太的生活，她们觉得这样的爱情能够带给自己富足的后半生，是她们最想要的爱情，但是这样的爱情也是最容易死亡的爱情。女孩子没有一份属于自己的事业，就会很没有底气，没有什么自信。因为手里拿着的，包里装着的都是别人给的，这些东西今天还在自己手里，但明天也许就会被拿走。这种隐隐的担忧会让你很没有气场的。

而当你内心有了这种不安的情绪之后，你的爱人也是逐渐能够感受到的，他会觉得你慢慢变得不再能够吸引他了，这个时候你的爱情也许就岌岌可危了。但是可能在这个过程中，你总是害怕失去你的爱情，而没有探究到这背后深层的原因，所以，你也就没有意识到你的爱人已经在与你逐渐拉开了距离，当他最后站在一个伸手都够不到的地方时，你才恍然明白过来，原来自己的爱情已经离自己那么远了。

我在澳大利亚那两年靠着家里给的零用钱生活，整个人就很放不开，因为生活的圈子中有很多有钱的女孩子，看到她们每天的生活，又激起我的虚荣心，又让我产生自卑心，觉得自己处处都没她们好。我想那个时候，我每天都在纠结自己为什么这么不漂亮，自己为什么这么差。对我那时的爱情肯定会有一定影响的，我会害怕被人看不起，害怕被人抛弃，但我又没什么实际的举措去改善自己，结果我真的丢掉了爱情。

这个状况一直到后来我的收入逐渐提升上来，有了自己的事业做支撑之后才得以改善。我变得越来越自信，整个人的气色也越来越好，因为知道自己是能hold生活的，所以在对待爱情上也没有了之前的患得患失，反而活得更好了。

这样的自己在爱情中，浑身充满了能量，还怎么可能吸引不到更好的人过来看呢？就算失恋了，也不要每天消极度日，觉得日子没法过了，如果我当初在澳大利亚也是这么想的话，那我估计我回国以后就得每天把自己锁在家里，天天哭鼻子了，那我肯定也就成为不了现在的我了。

女孩子一定要想着是自己给自己撑起一片天，而不是指望男人给自己撑起一片天，万一哪天他走了，你的天岂不是就塌了？

而且女孩子也不要总是想着在男人的庇护下，安心地享受他带给你的安逸生活，和你爱的这个男人一起撑起你们头顶的那片天，才是给你们爱情最大的保护。

爱情最好的模式是1+1＞2，而不是两个人在一起都觉得对方是彼此的拖累，都拼命地想要从对方那里得到什么，而不愿意付出给对方一些东西，这样的爱情是不健康的，我也很不欣赏这种爱情。我觉得爱情是很甜蜜、很美好的情感，尤其对于女孩子来讲，拥有一份安心、浪漫的爱情能够让自己整个人都幸福感爆棚，但想要拥有优质的爱情，前提是自己一定是优质的女孩。

灰姑娘遇上白马王子，王子对她一见钟情的时候，不也是她穿着水晶鞋，打扮成公主，艳压全舞会的时候吗？如果王子在灰姑娘还是系着围裙，每天灰头土脸的时候看到她，我想王子肯定不会对她留下什么深刻的印象。现在，好多女孩子都希望自己能够抓住王子，然后再变成公主，其实这个逻辑顺序是错误的，只有当你自己为自己争取到一双漂亮的、全世界只属于你一个人的水晶鞋，才会有王子被你的光彩吸引到。

虽然经历过不靠谱的恋情，遇到过不靠谱的人，但是我心里还是始终相信爱情的，我相信世界上存在美好纯粹的情感，这份情感会让相爱的两个人愿意为了对方，更加努力地成为更好的人。我有两个好朋友，女孩子是一个特别漂亮、特别听话的"乖乖女"，从小到大在父母的安排下，生活特别稳定，波澜不惊的；男孩子是一个跟我一样调皮，不按常理出牌的家伙，这样两个人之间偏偏产生了化学反应，在上学的时候就相爱了，中间经历了好多事情，现在也依然在一起没分开。

每次和他们出去玩，看到他们两个在一起的样子，我心里就会特别甜蜜，我觉得他们的这份爱情让我特别羡慕。这些年，我也算是见证了他们爱情的成长，因为许多原因，两个人好几次都面临着分手，有的时候，我也会在想，爱情想要茁壮长大，光有感情还是不够的吧，在那个女孩子父母的眼中，男孩子并不能够担当起照顾女孩子的责任，所以，他们反对的声音特别大。

随着人的年纪和阅历的不断增长，爱情总是会被许多因素干扰，我有的时候觉得爱情之所以会死去，很多时候是因为彼此相爱的两个人在相爱的道路上迟疑了，他们不敢再信任彼此的爱，他们害怕一味地坚持最后会带来伤害，没有付出的爱情自然是难以为继的，就会慢慢枯萎，直到死去。如果我的这两个朋友因为彼此家庭，还有各方面的反对，就选择放手的话，那也就没有现在他们像童话故事一样的爱情了。从他们身上，我看到了一种执着，与其说是对爱情的执着，不如说是对自己内心真实感情的执着，无论发生任何事情，他们首先坦诚面对的，永远是他们的内心最真实的选择，那就是对方。

当有一天，我遇到了我的爱情，我一定会告诉自己，要在爱情中做最好的自己，让爱情成为我人生中璀璨的一颗星，而不是让自己成为一颗疲于旋转的星星，围绕着爱情这颗耀眼的太阳转个不停。

日常TALK ——嫁入豪门不如门当户对

我觉得女孩子就是要独立，经济上独立自主了，才会生活得更有底气。女人不要认为男人掏钱包是应该的，因为你有手有脚。不要兜里什么也没有，还要爱慕虚荣，有多大能力办多大事。这点要铭记在心，自己有志气，就不会有人看不起你。没有志气，就算穿戴得再奢侈，再珠光宝气，一样会被看不起的。

现在好多女孩子做着嫁入豪门、麻雀变凤凰的美梦，她们总是拿韩剧中的女主角自比，觉得那样的好事也会降临到自己头上，但我觉得就算这种事真的落到她们头上，也未必就是好事。两个人携手并肩地过一辈子，不仅仅是你侬我侬，还要柴米油盐地过日子，这都是很现实的问题。

在言情小说里常常会看到男主角霸气地对所有人宣布："我就宠她，怎么样？""谁也比不了她。"这种霸道总裁的梦幻台词是许多女孩子渴望拥有的，她们把小说中的世界和现实中的世界混淆了，我觉得毒舌一点地说，小说中的男人都瞎了眼，只看得到什么都不好的女主角，而看不到周围各种优秀的女配角。但是现实中的男人可是一个一个都像眼睛里安装了显微镜，厉害得很。

女孩子希望能够嫁给一个条件好的男人，将来不会吃太多的苦头，这种心情也是可以理解的。但是，在寻求爱情的这条道路上，我觉得最好的途径还是先把自己打造得更加完美，更加夺目，这样遇到好的机会，才会更有把握抓住。不然，如果女孩子只是一心想要嫁入好人家，甚至豪门，但自己却不肯努力，这样根本就会是两个世界的人，即便遇到，也无法擦出火花。

我是希望女孩子应该把精力和时间都投资给自己，而不是寄希望于一个不相干的、缥缈的未来的老公身上。我是做生意的，我在核算成本的时候，总是要计算一番的，我不会做成本过高的生意，因为那样会亏本，会挣不到钱。在人生中，我觉得女孩子也应该如此，应该计算一下自己的投资成本是否合理，你以为你嫁入豪门就成了人生的赢家，但其实未必，你只看到了豪门生活的光鲜，但没有看到背后的隐忍。

更何况，并不是每一个女孩子都能顺利嫁入豪门的，如果你在自己最青春、最宝贵的年华，只是一门心思地想要钓个金龟婿，想要嫁个有钱人，把时间和精力都浪费在这上面，而忽视了提升自己，加强自己的能力，那万一你年纪大了，还是没能嫁入豪门，但是，自己的时间和岁月也被荒废了，到那个时候，简直可以用鸡飞蛋打来形容了。

与其铆足劲头去接近有钱人，不如多花些时间用在自己的工作上，让自己的工作能力得到提高，这样才是对自己未来生活最好的一个保障。与其一门心思地花许多钱把自己裹在名牌服装、名牌包包下，让自己能被有钱人多注意几眼，不如拿那些钱出去旅游，开阔眼界，或者进行投资，让自己的财务更加自由。

如果，你将所有的投资都用在一个男人身上，那你的回报就只能是这个男人对你的付出了。如果这个男人对你不错，也许你还会觉得自己赚到了，但如果这个男人对你不好，或者压根就没有理会你对他的投资，那你的回报就是血本无归。

再说一说我在澳大利亚读书时的那个男朋友，最后我们分手的时候，他甩出一堆账单给我看，指着账单上的商品一一跟我计较，说他曾经给我买过这个，请我吃过那个，说那些都是他花在我身上的钱，要我还钱给他。当时我真的已经被气到没有语言了，爱情没有也就算了，还要被人指着鼻子这样侮辱，真的让我特别受不了。

所以，我觉得从我切身的经历来说，嫁入豪门就想一劳永逸，实在不是一个聪明女孩应该做的选择，因为你无法保证有一天，你消耗了青春和热情投资的这个男人，会不会在遇到更好的女孩时把你一脚踢开，真的到了那一天，你真是哭都来不及。

所以，我觉得爱情最好的相处模式就是平等，金钱和物质只是爱情中的一部分，不应该成为爱情的绝对主宰，相爱的两个人只要是真心的，可以一起打造未来，而且当两个人彼此之间更平等的时候，相互之间的爱情也才会更纯粹，因为大家都不会想着去图对方一点什么，相处起来会更轻松。

真的，对我而言，最动人的爱情不是给爱人买下全世界昂贵的东西，而是在彼此最需要的时候，能够相互手牵着手，陪伴着对方。真挚的爱情不应该以金钱为前提，就算是你拥有了限量版的手袋，耀眼闪亮的钻戒，但是你没有一个真心待你好的爱人，那你拥有的这一切还有什么意义呢？爱情最后总是会回归到平淡的，那些昂贵的钻石，并不比一碗可口的羹汤更让人暖心。

这里要插播一下我和我在澳大利亚前男友的故事，那时候，他很喜欢赌博，有一天夜里，他给我打电话，叫我给他送钱去，我没去，他回家后就揍了我一顿，说都怪我没给他送钱，他才把钱都输光了，没有翻本。我当时真是欲哭无泪，我是为了他好，不想让他沉溺在赌博里，可是他丝毫不领情。

那时候，他很爱吃西瓜，我为了照顾他的口味，每天放学后，就在回家路过的一家超市买两个大西瓜，走1.5公里的路拎回去，贤惠得都可以拿奖状了，可是，最终，我还是被他甩了。

我后来大彻大悟了，我们两个在爱情中，最后已经处于严重不平等的地位了，他高高在上，我得永远哈着他，这种关系定位让我们两个都产生错觉，他觉得我可有可无，我觉得离开他不行。虽然爱是迁就，爱是包容，但是在不公平的位置上，我对那份感情的付出已经远远超出了他对我的给予。

好的爱情应该是彼此的星星，而不是彼此的雾霾。女孩子一心想要追求高品质的富足生活，这无可厚非，但想要通过嫁人来达到目标，风险实在是太大了。爱情不应该被当作赌博，用自己的青春和幸福去赌安逸的未来，在我看来实在不划算，也不安全，不如踏踏实实地找一个门当户对，与你能够共同携手的人，两个人一起创造未来，不是更美好吗？

[216 ...

217

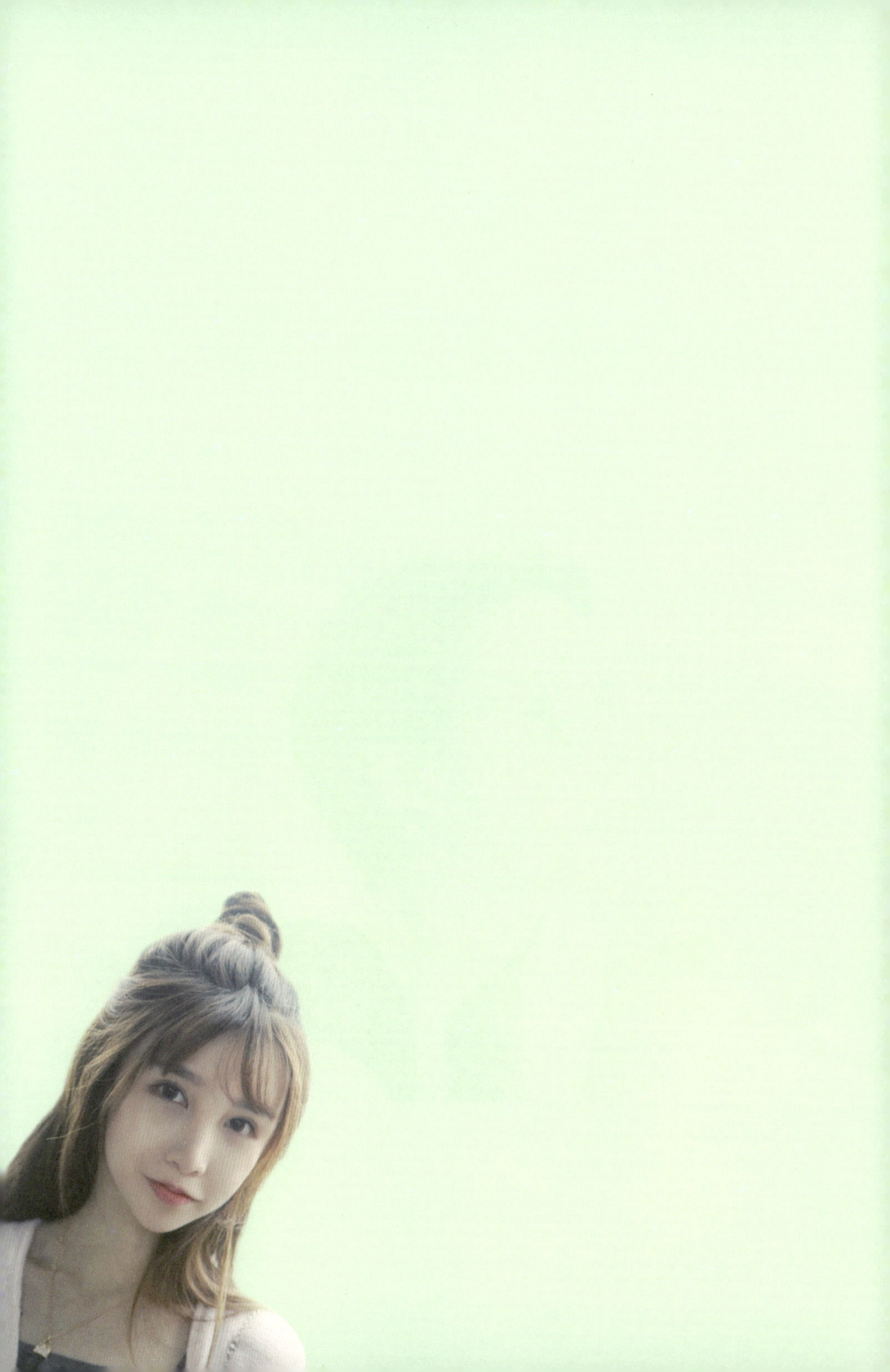

Chapter 9
没有改变不了的未来，只有不想改变的现在

这些年支撑我的就是四个字：不进则退。人生这些事儿其实挺好理解的，就像读书时做题一样，每天都用功做题，最后考试的时候，自然成绩会好一些，如果每天抱着书本睡大觉，考试的时候必然是两眼一抹黑。我们都不是旷世的天才，作为普通人，只有努力当下，才能改变未来。

鸡汤有毒，干杯要谨慎

记不清是从什么时候开始，网络上，书店里，铺天盖地都是鸡汤文，有的时候翻一翻朋友圈，十条里面至少四五条都是在转发一些鸡汤文，"明天成功的你，会感谢今天吃苦的自己""只要不放弃，总会看到彩虹""没有闯不过去的墙，只是你自己的心墙挡住了你的方向"……

点开看几眼，里面的文章全部是看似正能量满满，其实没有一点逻辑性可言的东西。我从来不看这些心灵鸡汤的文章，我觉得这些文章对我一点帮助都没有，如果看多了，还会误导我。

充满鼓励性，带着温情正能量的文章的确能够在你看到的那个片刻让你觉得燃起希望，充满力量，但这些都是一些空洞、无用的话，就好像商店橱窗里昂贵、漂亮的连衣裙，你站在橱窗外觉得好美，想象自己穿上这件连衣裙一定会迷倒很多人，但实际上，你根本没机会穿上它，你口袋里的钱只够你当天的晚餐。去臆想一件根本不可能穿到你身上的裙子属于自己，就好像看着心灵鸡汤去畅想那些文章里提到的耀眼的光芒属于自己是一样的道理，都是没有意义的白日梦。

真正的有营养的鸡汤文应该是告诉你如何去做才能更好地提升自己，改变自己目前不甚满意的状态，而不是总是在强调"你能行""你要坚持""你一定会成功的""你要相信你自己"……

总是有些人会希望我能多分享一些自己成功的经验，但说心里话，我不太愿意写太多所谓成功的经验，因为我觉得成功没有什么经验可推广的，每个人都是不一样的，不能用一样的方式去和所有人说，只要照着这样的方法做，你们就一定会成功，这不是教大家如何成功，而是把大家往沟里带。

每个人都有自己所选择的生活，也有自己的目标要去奋斗，奋斗的目的并不是为了钱，为了社会地位，为了得到别人的高看一眼，这些东西都是次要的，我觉得主要的一点就是要实现自己的价值。比如有的人可能一生穷困，他们可能一辈子也没有住上大房子，没有奢华的生活，但也许他在自己想要实现价值的领域实现了自己的理想。比如山区里支教的老师，为大山里的孩子带去了希望；比如驻守在边疆的士兵，让我们能够安心地过着自己简单的生活……

实现自己的价值就是一种成功，对于每个人而言，成功并不是千篇一律的发财致富，如果我一心只是想着要挣更多的钱，我想美沫也许不会走这么远，有的时候，功利性太强，反倒不好。所以，我一直都是很拒绝洒鸡汤的，我在微博上分享的视频和一些文字，也都是一些很实用的东西，如果有粉丝提出说我发的东西不够实用，我就会删掉，然后反省自己下一次应该怎么发一些更有用的东西到网上。

和公司的员工交流的时候，我也不会总拿一些"未来都会变好的""你只要好好干，将来一定会很棒的"这一类空头支票的话敷衍他们，我觉得年轻人需要的不是这种不痛不痒的说教，他们需要的是方法，是能够让他们有效应对目前的生活和工作的方法。

有的时候，公司的一些员工会提出辞职，他们辞职的理由有的时候会是因为工作压力太大了，他们不想承受过重的压力，想要轻松一些，所以离开公司。通常这个时候，我不会和他们讲一些"人要成功，就要承受压力"之类的空话，我会和他们分享一些我自己的事情，我会告诉他们，其实每个人都有每个人的压力，我的压力一点也不比你们小，虽然我是公司的老板，但我每天几乎都过得不轻松。

我最开始做电商的时候，从家里搬出来，爸妈对我都是属于"精神放弃"的那种，我这个人又很要面子，不愿意低头认输，虽然身上没多少钱，但是也要咬着牙挺下来，那个时候的压力真的是很大，完全是生存的压力。后来美沫一点一点做起来，生意有了，但我依然会有压力，旺季的时候，销售额会很不错，但是淡季的时候，销售额就会下降，这个时候的压力已经不再是生存的压力了，不再是为了吃饭和住房发愁，而是因为我身上背负了很多的责任，是需要对那些和我一起工作的人负责，这种压力远比自己当初面临的生存压力更大、更重。

公司的支出每天都在流水一样往外花，如果我不想办法将营业额提上来，那势必要面临破产困境，我失去这份事业不算什么大事，我可以说自己能够从头再来，能够不畏惧摔倒，在哪儿跌倒，在哪儿爬起来。但是，和我一起工作的那些员工，我需要对他们的生活和未来负责任，我不能因为公司的原因，而让他们面临失业，他们当初选择了和我一起工作，就表明他们信任我，相信我能够带领他们在职业生涯上走得更远，我不能愧对和辜负这份信任，所以，这种责任感就是我后来每天都要担负的压力。

压力虽然很大，但是越是这样，我越没有想要放弃，因为我觉得放弃是一种非常懦弱的行为。很多人都问过我，说你现在这样已经做得很不错了，安心享受生活不就行了吗？女孩子都愿意过安安乐乐的生活，你为什么还要这么拼命，这么辛苦。

其实这个问题，我也问过别人，我有几个朋友是在国企啊，在比较稳定的单位上班，他们平时的工作就是朝九晚五，不需要很忙碌的那种，但是过了一段时间之后，他们陆续从单位辞职，选择到社会上打拼。我就会感到有点好奇，为什么要在工作了一段时间，已经拥有了稳定的生活之后，再次选择重新出发呢？

他们就会告诉我，年轻人嘛，趁着年轻拼一把，反正也不会吃亏，大不了就是觉得自己不是这块料呗。我觉得确实是这样的，年轻人嘛，为什么要在年纪轻轻的时候就选择过起老年人的退休生活，也许有人喜欢那种悠闲的日子，但是我不愿意在我年轻的时候，就放弃更多的可能，去过稳定的生活。我更希望能够在我现在精力充沛，有更多想法的时候，去将那些想法一一实现，我想看到的关于我的将来，不是我把公司发展得多么大，实力多么雄厚，我觉得这是次要的，我更想看到我在美丽这条路上能走多远，能帮到多少女孩子实现变美的心愿。

电影《蜘蛛侠》里有一句台词："能力越大，责任就越大。"我既然选择了创建美沫，那我想的就不仅仅是我自己了，我要为更多的人考虑，对每一个选择美沫的人负责任。所以，我不愿意每天说一些鸡汤话，那很没有意义，我愿意把自己的故事分享出来，我知道我不是一个完美的例子，但是我这个真真实实的例子可以让更多人知道，每个人都拥有无限的可能，不要认为自己一辈子就定性了，其实完全不是这样的。

所以，我心底还有一个小小的愿望，那就是希望能够做一个像是漫威里的英雄一样的人，并不是拯救世界的那种英雄，而是能够打开别人的心灵的那种英雄。我之所以喜欢在网上和别人聊天，也总是要把粉丝给我写的评论都看一遍，就是因为我想知道大家心里真实的想法，想用自己的能力帮助大家解决心里的一些困惑和问题。

就好像我写这本书也是为了能够让看到这本书的人了解我

的一些故事和想法,让他们觉得像我这样的人都能过得多姿多彩的,自己也一定可以。好的心灵鸡汤得是喝下去不一定美味,但一定会对你的人生和心理都起到实际作用的,不然只是喝着美味,但并没有什么作用,只会增加脂肪,只是一碗油腻腻的汤水罢了。

生活是自己的,不要总迁怒于别人

有些人从来不觉得自己有什么问题,他们总是会把问题归咎到别人身上,什么事情都是别人的错,跟自己一点关系也没有。自己升不了职,是因为领导太有眼无珠了,看不到自己的能力;自己总是被批评,是因为其他同事都是走后门进来的,自己没有背景;自己没钱买房子、车子,是因为自己没有一个有钱的爹妈……

总之,这些人会有各种各样的理由为自己开脱,在他们眼里,这个世界之所以对他们这么不友好,都是因为别人的错,跟他们自己一点关系都没有。我遇到过这样的人,有时听着他们对生活的抱怨,听着他们遇到的糟心的事,我心里会想你之所以对什么都不满意,是因为你本身的原因啊,何必要怪到别人的头上呢。但是,我不会把心里的话说出来,因为我知道即便我说出来,他们也不会承认的,反而还会怪我不同情他们,站着说话不腰疼。

自己的问题最终还是需要自己去解决的，就算你再怎么抱怨，面临的问题还是始终处在你的面前，不会自己消失。我也有过不如意的时候，但是，那时候的我不会把自己的不如意的原因归结到别人身上，我不会为自己找借口。我不会说都是因为父母的原因，让我没有学习好，没有过完一个完整的学校生涯；我不会说都是因为遇到了不好的人，让我耽误了自己的青春……

这些理由都是自己搪塞自己失败的借口，生活是自己的，就算别人对你的影响再大，最终决定你的生活的，只能是你自己。我记得公司有一次举行读书分享会，《怎么和陌生人一分钟成为朋友》是那次读书会上一个同事推荐的一本书，这本书让我也挺受启发的，因为我原本的性格就是比较内向，不太会和人交流，尤其是陌生人。这样的性格对于做生意来说很不利，我也知道自己这样的性格会给自己的事业造成一些阻碍，因为我必须不断地和客户沟通，和供货商沟通，和各种各样的人沟通，才能保证我的工作畅通。

但是，我一开始真的是不知道该怎么很好地去和别人沟通、交流，我是一个连交朋友都很谨慎的人，我不会经常去参加一些社交圈，不会特别自如地和陌生的人交谈，交换联系方式。我身边有人会劝我说，进入社会了，就是要拓展自己的人脉，大家交往首先要看的是彼此对对方有没有用，其他的都再说。

虽然，我也会觉得有时候的确是这样的，但是我就是做不到,这个时候,我不能去抱怨因为别人都太难交往,太难打交道了,所以我没办法拓展自己的人脉。我只能自己想办法克服自己的这个毛病,想办法去学会如何更好地和陌生人交流,如何更有效地和工作方面的人员沟通。

我作为公司的老板,我必须和自己的员工去沟通一些工作上遇到的问题,我作为美沫这个品牌的创建人,我必须出去和一些合作伙伴交流,这些都是我必须面对,无法交给别人去办的事情。如果说我在交朋友的时候,还可以选择端出一副"高冷"范儿,那我和工作人员、合作伙伴在一起的时候,我不能默然坐在一边,闭着嘴巴,一句话也不说,那会让人对我、对我的公司都有很不好的印象。

所以,有的时候,必须自己逼自己一把,不能遇到难题的时候总说:"我就是这种性格,我改不了。"或者说:"反正我就这样,大不了不做了。"如果总是这样知难而退,那生活还有什么挑战呢?在我看来,许多事情都是需要人与人之间很好地沟通,才能良好地进行下去的。我曾经是一个不大会去主动和人沟通的人,性格闷闷的,遇到不知道该怎么开口的场合,我干脆就坐在一旁装"兵马俑",故作深沉。

记得我以前有两个好朋友想要约朋友出去玩儿,其中一个特别积极地主张带上我一起去玩儿,但是另外一个说别带张沫凡了,你还不知道她吗?去了也不说话,就在那儿干坐着,多尴尬啊。

朋友之间的聚会或许不会因为我的沉默而变得进行不下去，但如果我在工作的场合，还是继续保持自己的"冷调性"，那许多工作都会进行不下去了。所以，后来我慢慢觉得我不能总是"惯着"自己的这些小毛病，我得学会改变，我得尝试着与人进行更好的交流，和之前自己不太会融入的环境融为一体。

想当初也是自己逼迫着自己不断去社交，不断去克服每一次的社交恐惧症，刚开始效果很一般，但我总是会鼓励自己，下一次一定会更好一些，就这样，我一步一步走了过来。虽然，直到今天，我依然对社交存在心理障碍，我每次和陌生人交流时，心里还是会发慌，眼睛会不知道往哪儿瞅，但我不会逃避，我知道这些问题我必须依靠自己去解决。

如何去和周边的人平衡公共关系，一直都是我在攻克的难题。有些事情真的就是我们生命中的短板，有的人天生擅长与人打交道，三分钟就能和一个完全不认识的人聊得火热，熟得跟十多年的老朋友似的。每次我在一些场合看到这样的人，心里也会有些羡慕，觉得自己的交际能力如果能有别人的一半，或者三分之一就好了，这样我就不用总是担心聊着聊着会冷场，会不知道该怎么接话。但是，我绝对不会去迁怒于别人，不会觉得"都是你，这么能说，把话头都抢走了，让我还怎么说啊"。

每个人都可以成为自己的老师，我会注意到身边每个人的优势和长处，会默默地向他们学习。在美沫的团队里，有很多很优秀的人，他们在自己的专业领域都很厉害，我常常会向他们请教，和他们交流，不会觉得自己是老板就得不懂装懂，觉得向员工请教问题就是丢了面子，会难为情。

许多人迁怒于别人，把自己的不幸运或者不够努力都怪罪到别人的头上，就是因为他们有着莫名坚强的自尊和面子。他们觉得自己做得不如别人好，在别人面前丢了面子，比如当两个人一起出去喝咖啡，其中一个人如果不如另一个人混得好，他看到对方付了账，心底就会怨怨地想对方是不是看不起自己，以为自己买不起单。但是如果对方没有去付账，那他又会在心底想对方那么成功了，还吝啬两杯咖啡钱，一点也不尊重自己。

这就是人处在情绪怪圈中的时候，总会无法逃开的一些矛盾情绪，当他无法面对自己的时候，也就无法坦然应对生活中的一切。他总是会觉得别人在针对自己，凡事都在和自己较真，和自己过不去。其实真正和自己过不去的是他自己而已，说一句不好听的话，现在快节奏的都市生活，谁还有空闲的心情去管别人的闲事。

不要再说"都是因为谁谁谁，我才到了现在这个样子"，也不要再说"我以后就这样了，没办法了"。这些话都是你在潜意识中给自己找借口，找理由，因为能够把自己对生活的不满意归咎到别人的头上，所以，自己就可以心安理得地身处在自己不满意的境地，心安理得地抱怨，反正都是怪别人，我才这样的，如果没有别人的话，我早就成功了。

这种情绪就像罂粟一样，想得越多就会越麻痹自己。我从来都认为生活是自己的,从你懂事起就要学会为自己的生活负责任,如果你觉得自己的生活出现了任何你不满的地方,那都要靠你自己去调整,去适应,不能整天地怨天尤人,把问题都归结到父母、同事、旁人的身上,更不要因此而迁怒身边的人,那样只会让你在不满的生活泥潭中越陷越深,无法走出。

幸福地活着，不要去恨那些恨我们的人

　　我小时候和女生一起玩，总有的女生会让我感到莫名其妙，她们会莫名其妙地不理我，会莫名其妙地跟我生气，我都不知道我自己做错了什么，去问她们原因，她们会做出一副"你自己还不知道吗？"的神情看着我，问题是我真的不知道，所以，有一度，我觉得女人心，真是海底针，和女孩子玩儿实在不适合我的性格属性，所以，我很快投奔了男生的阵营，接着果断找到了存在感。男孩子之间打打闹闹，吵吵嚷嚷根本不算回事，今天还因为一件事跟你绝交，明天又开始勾肩搭背一起玩了。

　　和男生交朋友，我会更放松，不会担心什么时候会惹他们生气了，自己是不是又说了不该说的话了，一直到现在，我身边还有很多读书时玩得很好的男生朋友，他们现在依然是我的好哥们。而我的闺蜜们，性格也大多是和我差不多的，要么就是和我互补的，我觉得和这样的朋友在一起，没有猜忌，也就没

有伤害。

我就是愿意凡事都简单一点，交朋友简单地交，只要我们大家心里都是有对方的，彼此信任的，就算今天吵翻了天，也不会担心这段友谊会失效，因为大家都彼此心知肚明，知道对方心里是有自己的。但是如果整天和一个笑呵呵但心里却不知道怎么在琢磨自己的人做朋友，那我真的会累死，会心衰竭。

所以，我一直觉得我幸福感比较高，就是因为我不愿意把自己和自己周围的生活搞得那么复杂，更愿意有简单纯粹的生活。我觉得很多人之所以觉得自己不幸福，是因为自己不甘心，不甘心自己没有达到想象中的事业高度，不甘心自己讨厌的人比自己过得好，不甘心的事情太多，就会觉得每一天都过得特别累。

我有的时候会感到很困惑，就是我不管在网上发什么，总是有人会在评论里骂我。我发一个穿搭的视频，会有人说我太low，没新意；我发一个讲化妆的视频，有人会说我长得太丑，浪费化妆品；我发一个日常的小状态，有人会说没营养，浪费流量……

真的是我做什么都不对，说什么话都有错，我都快要抑郁了，我不明白网络是一个公众的世界，为什么我不能在我的微博上发自己想发的东西呢？面对那些来自四面八方的攻击，我真的困惑了很久，我从来没想过要去攻击什么人，因为我觉得大家都有各自的想法和言谈举止，就算你不认同，也没必要驳斥，但是我也没想到，有一天，自己会遭到那么多的攻击和质疑。

[234 ...

235]

有朋友安慰我说:"攻击你的人越多,说明你越火啊,这是好事,要是你发什么都没人理,那还有什么意思?"

我只是想开开心心地生活,做自己喜欢做的事情,在被陌生的人不断攻击的时候,心里也会觉得挺崩溃的,也想要反击,和他们争辩,但最终还是放弃了。一方面是不想给那些无聊的人更多的口实,说我是在炒作;另一方面也不想把时间和精力都消耗在负能量的事情上,让自己乱了阵脚。

既然有些不好的事情无法阻止,那就做到放宽心,去更好地完善自己,支持你成长的或许不是你天性里的善良,但不代表你在成长过程中可以把善良丢在一边。所有的妒忌、报复、不甘心,以及那句"我一定要过得比你好"都应该成为你努力的动力!

有一个机会,我应邀参加了中国社会福利基金会的活动,接触到了一些特殊的孩子,他们患有先天性脑瘫。他们像一群折翼的天使,上帝虽为他们关上了正常行动的大门,但好像开启了他们的另一扇窗!所以他们的艺术感和想象力都超过常人,其实他们同其他孩子一样充满朝气,充满生命的力量!当时看到那群孩子天真的面庞,心里有点酸楚,很想为他们做一些事情,帮助他们,但也知道自己的能力有限,所能做到的事情也只是杯水车薪,但是且行且珍惜,我愿意以我自己的能力去帮助那些需要被帮助的人发现生活中的阳光。

看到那些孩子之后,我觉得对于他们来说,能够健康安全地成长就是最大的幸福。而对于我来说，从小被家长呵护着成长，不论我犯什么错误，他们都会原谅我，包容我，长大后，身边一直有许多好朋友的支持和保护，我比起他们来幸福太多了，我应该珍惜自己的这份宝贵的幸福。

我会让自己每一天都开开心心的，有的时候朋友会问我："你傻乐什么呢？"其实我也说不上来，就觉得心里乐呵呵的，每天让自己置身于正能量中，整个人都充满活力。

我还有一个隐形的技能，那就是做饭。我做菜的水平还可以，起码每次朋友来我家的时候，我都能一个人在厨房麻溜地炒出几盘味道很上乘的菜肴来。有一阵子，我对做菜还挺着迷的，研究研究菜谱，做出几道美食，觉得幸福全在鼻尖。

幸福的生活，我不会去恨那些恨我的人，也不会去在意那些讨厌我的人，只要我快乐、知足地生活着，就是对他们最好的回应。

日常TALK ——精致地生活，而不是追求昂贵

一束鲜花，可以让房间充满生机，让自己身体里的每一个细胞，都沉浸在花香中，觉得很享受。

一次运动，可以让疲惫的大脑充满活力，让乏累的身体重新焕发能量，在充分流汗之后，把身体的毒素连同心情的毒素一起排出。

一场精彩的演出，可以让空洞的内心收获许多感悟，增加自己的见识；一次和好友精致的下午茶，可以度过一段安静不被打扰的时光；一场说走就走的旅行，可以和心中的美景亲密接触，暂时忘记工作上的所有烦恼……

好的生活，不是所谓的"买买买""吃吃吃""逛逛逛"，许多女孩子觉得只要自己有了钱，生活的品质就能够上去。金钱的确能够带给我们许多的生活便利，能够让我们生活得更加舒适，但金钱绝对不是提升生活品质的唯一保障，能够让我们的生

活变得更加精致的，主要还是看我们自己的内心。

  我是一个对生活很有要求，希望活得很精致的人，我花费在生活细节上的时间，会让身边的人有些受不了，身边会有朋友抱怨我，说："沫凡，你每天活那么仔细，累不累啊？"我觉得一点也不会累啊，相反会很充实，让自己感觉到很踏实，感觉到每一分每一秒都把握在自己手中。

  对于生活的要求，我向来都是不求最贵，只求最好，好的生活并不是狭义的那种豪华的、奢侈的生活，我觉得好的生活首先得有一份好的心情，心情主宰一切嘛，只有你每天从早到晚都开开心心的，生活才能照进更多的阳光。

  我的生活里一定要有一份属于自己的事业，和自己志同道合、三观一致的朋友，还有陪伴在自己身边的亲人。对于事业的要求，我觉得一方面是出于我是摩羯座的原因，另一方面是因为经受过一些精神上的打击，所以，我一定要让自己有一份出色的事业，让自己能够不被人看扁。

  对自己的管理，我也是很严格的，从头到脚，从内到外，我都希望能够拥有最好的状态。为了达到一个好的状态，我会坚持做许多事情，其实很多事情只要我们坚持下去，那些微小的习惯，都会帮我们养成不一样的气质。

  拥有一个好身材，是许多女孩子都很希望的事情，我们的身材可以通过我们后天的努力得到很大的改善，比如很多女孩子会询问我丰胸的秘诀，其实除了坚持按摩之外，有一个秘方大家可以用一下。洗澡的时候，我们把喷头从下往上冲胸部，可以促进血液循环，还可以防止胸部下垂，此方法简单易用，但是一定要坚持，才会看到效果。

还有就是皮肤的问题，许多女孩子说自己的皮肤不好，都要给自己带来心理阴影了，但其实改善皮肤也并不是一个很难办到的事情。比如生理期是令许多女孩子特别头疼、特别烦恼的日子，其实如果你能好好利用这几天，会给你带来意想不到的改观的，让你的皮肤状况有改善。在女性生理期前的7~10天，我们身体里的雌性激素就会降低，而黄体素和雄性激素就会上升，这个时候，我们的情绪就会变得不稳定，比较敏感，比较爱发火，爱闹脾气。想要缓解这种情绪的波动，可以通过一些内调或者外养的办法，至于皮肤上的问题，因为雄性激素上升，会让我们的皮脂腺变得比较敏感，所以，我们的皮肤就会比较爱出油，这个时候就是我们做深层清洁的最佳时期。

我会留心生活中的每一分、每一秒，将自己置身于精致的幸福中。幸福不仅仅是有人会给你送花，他还会记住送你花的花期，然后为你续花。幸福也是什么都介意，但什么都可以原谅，幸福使你知道你的努力是为了同一个目标，幸福使你一直可以找到你人生的方向！

241

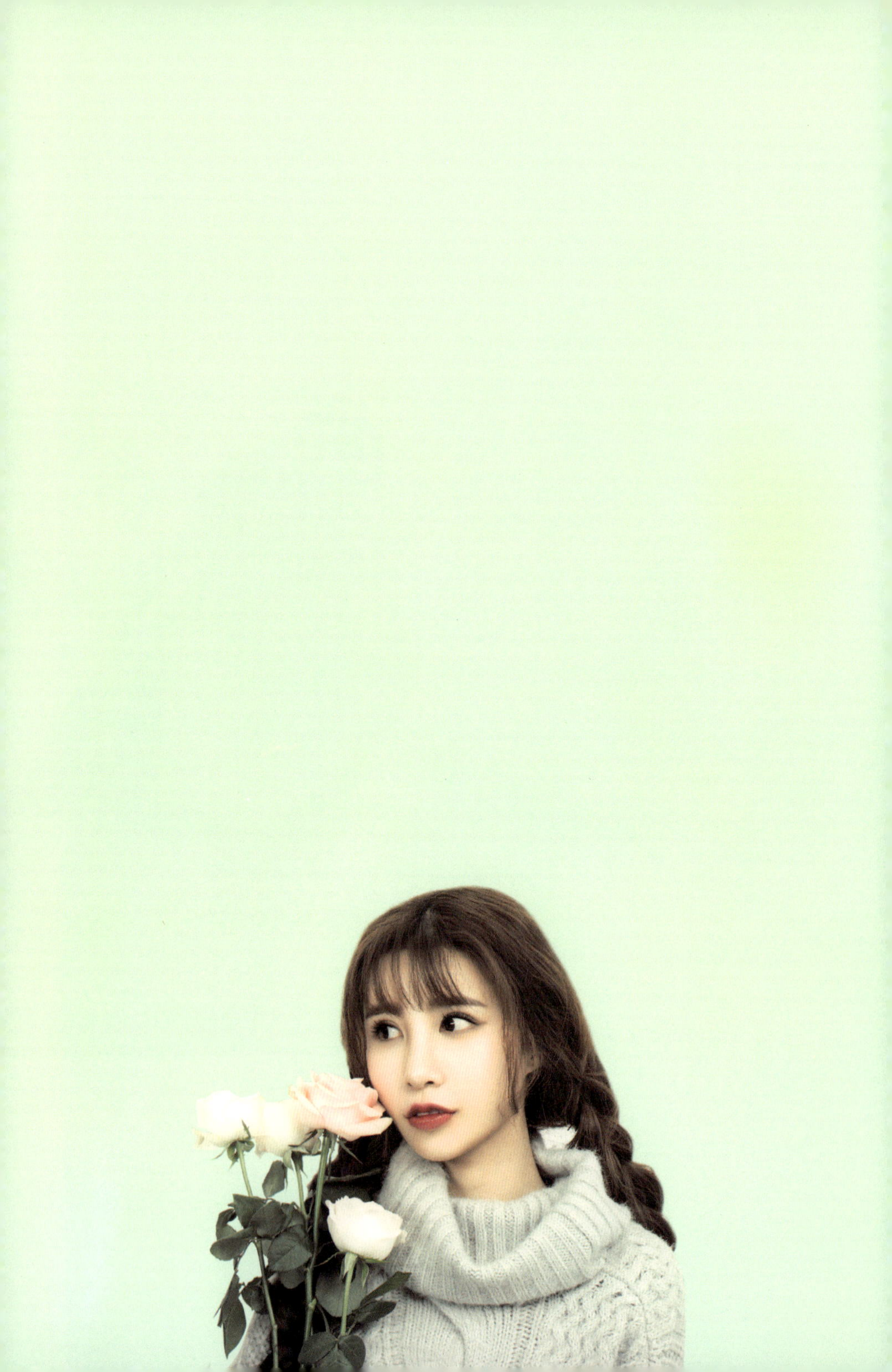

Chapter 10
梦想是要走心的，不是做给别人看的

每个人的心都应该是自由的，也不要限制别人的自由，也不要束缚自己的自由，我们不应该给自己归于负担的期望，也不应该对别人有任何不切实际的期望，所谓的给予自由，你做到了吗？我们每个人都渴望实现梦想，但实现梦想的过程需要我们付出想不到的努力和辛苦，所以笃定前行吧，不要只是挂在嘴边。

没有过不去的坎，只有回不去的路

从自己做淘宝，做公司，一直到现在，总有人问我："哎，你创业这几年有没有遇到特别大的难题啊？"我认真想了一下，还真没有什么大灾大难，当然了，过程中遇到一些磕磕碰碰总是难免的，但在我看来都不算什么难以迈过去的大事。人这一生当然不会一直一帆风顺的，磕磕绊绊、雨打风吹都是难以避免的，只要你处理得当，平安度过，就都可以一笑置之，没必要挂在心上。

我自己是一个心比较大的人，心里不装事，而且我也是一个比较理智的人，可能这也和我是摩羯座有关系，我在处理工作上出现的各种问题时，一般不会出现气急败坏的情绪，就好比总有一些黑粉在网上攻击美沫的品牌有问题，抹黑我本人，我很少会跳起来攻击黑粉，和他们势不两立，虽然有的时候，我也会在网上抱怨几句，但是那纯粹只是一时不良情绪的发泄。

之后，我会静下来反思，有人会攻击我的品牌，是不是说明我有些地方的确没有做到位，有些事情的确没有处理好呢？我就会把别人吐槽的一些观点，吸收到我的脑子里，然后在我日后的工作计划中，一步一步去完善。

例如有人吐槽美沫的瓶子不够好，那我就会设计更人性化、更加好看的瓶子；例如有人吐槽美沫的产品有缺点，那我就会针对他们提出的问题进行修改；还有人会吐槽我在微博上发的教程没有用，那我在下一次发布视频之前，就会用心搜集对大家更有效，大家更愿意看的内容进行录制。

这个世上无聊抹黑你的人总是存在的，但你不能为此就消极败坏，我觉得还是首先要从自身找原因，做到强大得让人都无从下手去黑你，找不到黑你的借口，我觉得这些才是应该考虑的事情，而不是沉溺于坏情绪中无法自拔，那是一点益处都没有的。

我曾经帮一个朋友在我的店里卖过她的产品，是一种护肤产品，效果挺好的，其实这个产品和美沫的品牌并不一致，但是我觉得这是个很不错的东西，值得分享，推广给女孩子们用一用，就放到了店里卖。这个产品卖得特别好，许多顾客反馈用了之后，自己明显感觉到皮肤变好了，我听了之后也挺高兴的。

但是，没想到这个产品在越卖越好的时候，我的这位朋友忽然和我提出要涨价，让我当时就蒙了。当初我从这位朋友那里拿到产品的价格，是早已在合同里标注好了的，我没想到没过多久，这位朋友就要求涨价，这也就意味着我要增加成本了。我跟我的这位朋友说为什么要突然涨价呢，在合同里我们都规定好了进价的。但是我那位朋友却跟我说合同里根本没有对价格这一条进行明确的注明，也就是说这款产品的价格根本不是合同说了算，而是我这位朋友说了算。

当时签合同的时候，我想着是朋友之间的合作，便没有太放在心上，只是草草地看了一眼就签字了，但是没想到中间居然会有这么大的一个漏洞，这是我没想到的。之后，因为这件事情，我和那位朋友便不再联系了。

这件事情当时对我的打击并不是让我损失了多少营业额，不是让我损失了一个好的生意机会，而是让我对"朋友"这两个字伤了心，对我这个朋友当时的做法有些难过，我没想到朋友之间也会发生这样的事情。但是这件事情也给了我一个教训，在那之后，我做事情都会尽量做到公私分明，公事公办，不会再因为和谁有私交就把工作上应该注重的一些细节放松，我会将工作中的细节落实到合同上的每一处，有的时候，我的这个做法也会让一些朋友觉得没必要，他们觉得我这么较真，会让合作者心里不舒服。

但是，我觉得只有将一切条款规定清楚，将工作完全与私交分离开，才是对工作最负责任的态度，也是对彼此的一种负责任的态度。这个世界上的事情就是这样，有利就有弊，凡事都是一把双刃剑，在坏事发生的时候，随之而来的也许会是好事；在好事降临的时候，也许紧接着就是坏事。

接下了一笔好的生意，但是却没料到会和一位朋友交恶；以为损失了一位朋友，但是却让自己在工作方面更加有了经验。事情就是这样的，总是峰回路转，没有绝对的坏事，也没有完全的好事，重要的还是看你自己的心态，以及在处理各种事情时的态度。

反正在我看来遇到困难就想办法去解决，不要总是想着把责任推卸给别人，那是没有用的，最后能帮助自己的，也只有自己了。我常常会把自己过去的一些经历讲出来，因为我觉得像我这样一个"学渣""废才"都能有自己的春天，那别人听了我的故事之后，应该会对自己更有信心的吧。也有朋友说我，让我别把自己的什么事都放网上，他们是为我好，觉得是保护我的隐私，但是我觉得没关系，我过去确实是捣蛋，不好好学习，我没必要遮着掩着。

正是因为过去在学习方面的不上进，让我在之后的不断提升中会觉得比较吃力，毕竟之前的基础没有打好。我的这些故事如果可以对看到的人起到一点点帮助，会让他们意识到如何去管理自己的生活更有效的话，那我觉得是值得的。

落地的梦想，才能成为理想

有时候，有的女孩子会向我求助，她们会和我说："沫凡，我也希望能够像你一样经济独立，你说我应该怎么办？"那我肯定是给她们支招，让她们可以多做一份自己喜欢的兼职，或者多提升一下自己现在的工作能力，但是有的女孩子会说："我没有什么特别喜欢做的事情，我最喜欢做的事情就是挣钱。"

这种回答就会让我无话可说了，如果将挣钱当作一个梦想的话，那真的只能是一个梦里的想法了，许多想法存在于脑海的时候，都会觉得很简单，但只有当想法落地，真的去实践之后，才能成为人生的理想。如果我在从澳大利亚回国后，每天也只是一门心思地想着要赚钱，要挣大钱给我父母看看我是一个有本事的人，而不是去每天起早贪黑地工作，联系供货商，打包发物流，做事情做到每个指甲都劈掉的话，那我现在应该还只是成天坐在家里，念叨着想要挣钱，但是却没有经济能力的人。

梦想只有付诸行动,才能成为理想。年纪小的时候,我虽然不大明白一些什么深刻的人生哲理,但就是凭着心里那种本能的执着坚持下来,我觉得既然我选择了这条路,那我就要凭着自己的本事走下去,我不能半途而废。后来随着我阅历的增加,我更加懂得这种执着的可贵。

想要挣钱,但又不想付出辛苦,那就只能在梦里数钱了。同样地,想要实现梦想,但是又不肯付出行动的人,梦想最终也只会成为他们梦中的一个念想,而不会变成现实。我一向都不喜欢只说不做的人,我觉得既然敢想,那就要敢做,不然总是在一边空想,人生又有什么意思呢?

马思涵有一个梦想是想成为歌手,他喜欢唱歌,希望能够把这个爱好当成自己将来的一份事业,所以当有一个机会可以实现他这个梦想的时候,他就果断地参加了那场比赛。其实在他报名参赛的时候,我对他这个梦想并不看好,我觉得做歌手,当艺人实在是太虚无缥缈的事情了,还是应该做一点普通人应该做的事情比较实际,但是马思涵坚决要去参加,他不肯妥协。

在我微博上,有一些网友看到我发出了马思涵要去参加比赛的消息后,也在下面留言表示不看好他,我问马思涵,这么多人都不看好你去做这件事情,你真的还要去做吗?其实,我并不反对他有这个梦想,我只是觉得这种成为歌手的事情,都是万中选一的概率,坚持这个梦想实在太辛苦了。

但是,马思涵和我说了一番话还是挺打动我的,他说我没什么大的本事，也没什么才华，我总不能老靠着家里养活我吧，我总不能每天都这么晃晃荡荡的，没事情做，我得找点我自己愿意干的事情，我从小到大就喜欢唱歌，我就是想走唱歌这条路，我就是想趁自己现在还有冲劲，我就想努力一把，我想拼一把，虽然我也知道自己的胜算不大，毕竟比我强、比我厉害的大有人在，但是我就是想为这件我最喜欢的事情搏一搏，毕竟唱歌是我现在最喜欢做的事情，没有之一。

后来，马思涵就去参赛了，再后来，就没有后来了。虽然马思涵没有通过比赛，但是我觉得这是他为实现自己梦想而付出的行动，不管成功与否，都是让自己值得记住的一件事情，将来想一想自己年轻的时候，顶着各方面的压力，为了心中最初的梦想，义无反顾地搏了一把，还是会挺心潮澎湃的。

我现在想想自己以前的梦想是希望能够帮助更多的女孩子变得更漂亮，更自信，而我现在做到了，许多女孩子因为受到我的影响，更加勇敢无畏地去追求自己想要的生活，看到她们和我一起成长，变成越来越好的自己，我就会觉得很满足。

我的性格中存在着不服输不低头的因子，别人越是说我不行，我越是在心里憋着一股劲一定要做好，所以在当初我开始做美沫的时候，为公司规划的路线是一对一的皮肤护理订制，这在许多同行业的人眼中看来，简直是太难了，他们觉得我这么做，过不了几天就坚持不下去了，我完全是自己给自己挖了一个坑往里跳。但是我不这么想，我觉得梦想之所以是美好的，令人向往的，就是因为它难以接近，如果是很容易就能做到的事情，那根本谈不上梦想，顶多算是日常的小事。

在坚持做美沫的过程中，的确遇到了许多的麻烦，就如同同行所预料的那样，我给自己设定了一个近乎完美的框架，但是，我想要把自己和美沫塞进那个框架里，却要费很大的力气。但还好，我坚持了下来，美沫也越做越好，我知道自己离真正的梦想还差得很远，但起码我每天都在朝着梦想靠近一点点。

刚开始尝试着在网上放视频的时候，我不知道自己应该拍一些什么内容才能吸引到大家的关注，看到网上其他人拍的视频，有的很漂亮，有的很逗乐，有的富有知识含量，相比之下，我被比得低低的，如果那时候我就因为这些而轻言放弃，不再拍视频，也不分享自己的一些生活经验，那我现在也不会和那么多陌生的网友成为朋友了。

很多时候，我们总是羡慕别人怎么会有那么好的资源，怎么会有那么好的平台，其实这些都不是一蹴而就的，都是慢慢累积的过程，只有当你尝试着迈出第一步的时候，你才能有勇气接着走下去，道路都是自己一步一步走出来的，梦想也是这么一步一步追出来的。就拿拍视频来说，只要你够美，你就去秀，如果你不美，就要足够的逗，如果你不逗，就努力去学习，你总有闪光点被自己发掘出来。

我在微博上发过两个视频，给大家分享一些如何成为网络红人的途径和技巧，其实，我并不是支持和鼓励大家在网上追逐成名的梦想，我只是想通过这个话题，告诉大家想要实现梦想，就要用尽力气。视频发出后，有人在我的微博底下留言说自己太丑了，根本没办法成为网红。我点进这些人的微博看了一下，觉得她们真的是太过谦虚了，五官端正，皮肤白皙，眼波流转，这样的长相居然会被她们自己说丑，我只好愤愤地关了微博。

总是有这样的一些人，怀揣着一个四处向人诉说的梦想，但却没有任何的行动力和执行力。如果你真的想成为一名网络红人，不管你的长相如何，不管你的才华和能力是否真的能够让你实现这个想法，起码你要尝试之后，努力之后才知道行不行，不能永远待在网络外，看着网上的那些红人，一边觉得自己比他们强，一边又不肯去行动。

你想要成为一名出色的厨师，但是你又说："哎呀，我怕油烟味，怕被油溅到。"你怕的都是厨师必须经受的，你还怎么成为厨师。

你想要做一名飞行员，但是你又说："我恐高，那些考试都太难了，我肯定过不了。"你都没有翻开书本去尝试着学习，你就把自己关在了门外。

你想要成为一名网红，但是你又说："会被人在网上骂，会被人说坏话。"你都没有为了成为网络红人而付出行动，怎么会有人关注到你，你的这些空洞的想象，只会发生在别人身上，而不会发生在你身上。

如果那时候的我担心这个，担心那个，那我就什么也不需要做了，只要老老实实地待在家里等着我爸妈养活我好了，那样最安全。我们每个人都会说自己有一个梦想想要去追寻，但并不是所有人都有那份勇气和毅力，所以，有的人实现了梦想，成就了自己，有的人看着别人实现了梦想，看着别人做出了一番成就。我是愿意做前者的，因为我知道后者的心情一定会很不好。

254 ...

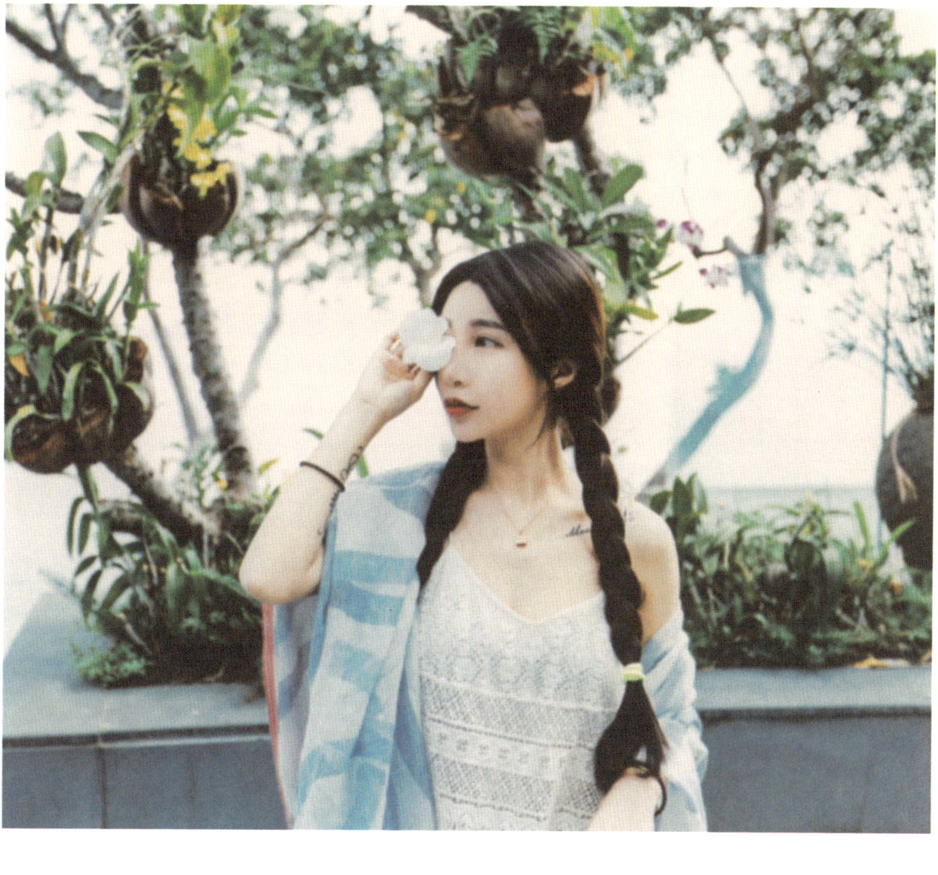

走得越远，心就越大

小的时候写作文，常常用到这样的句式："等我长大了以后，我要……""我现在……，那么我以后就可以……"。

小孩子的视野里，长大是一件很遥远很遥远的事情，觉得长大了可以去做很多事情，对未来，对远方充满了遐想。等我真正地长大了，去过很远的远方，见到了陌生的人、美丽的风景之后，我还是会更思念更依恋自己的家和始终在家里等我的家人。

这几年去过很多地方，我喜欢旅行，喜欢出发的感觉，很新鲜，也很激动，因为不知道前方有什么等着自己，不管是惊喜还是惊吓，对我来说都是人生最好的礼物。走得越远，旅途越长，我觉得自己的心就越宽广。

工作之后，许多时间不由自己掌控，很多时候要为了工作放弃许多属于自己的时间，所以，我会很珍惜每一次出去旅行的机会，可以离开拥堵的城市，去一个完全陌生的地方，完全地放空自己，让自己真正地全身心地休息一番。

我很喜欢去海岛，在大自然的怀抱中，吹着海风，听着海浪声，幻想着童话故事中的情节，觉得生活很美好。走过很多陌生的土地，和当地人一起喝茶，说笑，或者独自坐在庄园里看着天边的山脉，那些美丽的画面，不只留在了我的镜头里，还留在了我的心里。就像一场挥之不去的梦境，感觉非常奇妙。

之前在网上看到过一段话，我很喜欢："即使你是友善的，有的人可能还会说你自私和动机不良，不管怎样，你还是要友善。你多年来营造的东西，有人在一夜之间把它摧毁，不管怎样，你还是要去营造。即使把你最好的东西给了这个世界，也许这些东西永远都不够，不管怎样，还得把你最好的东西给这个世界。"

在旅途中，我不仅仅是旅行，也会做很多事情，我会记录当地的风土人情，我会记下最佳的旅行路线，在回去之后分享给同样想去的网友。我觉得旅行教会我很多事情，让我不再狭隘，让我变得更宽广。

旅行中，拍照是一定要做的事情，一张美丽的风景照，一张美美的自拍照，都会成为日后回忆的亮点。我会分享许多自己的照片，也总会有一些女孩子问我怎么才能把自己拍得好看又不low。我把自己的拍照技巧总结了一下，其实很简单，稍加运用，每个女孩子都能拍出属于自己的好看"大片"。

首先当然是要注重光线的选择，自然光是最好的，但是要确保在脸上的光柔和且均匀；有一种光是最难看的，叫作顶光，一般来自射灯、顶灯、散光灯，也就是打在脸上不匀称，所以会让脸看起来脏脏的，千万要拒绝这类光，可以背过身来拍，不要让光打在脸上；背光也要拒绝，因为背光会把人拍黑，但是如果背后是大逆光也会很好看，这个时候就要注意不要拍到人脸；不要在刺眼的大太阳底下拍摄，除非你有反光板，在外面拍摄的时候，尽量选择有光可以从正面打到脸上的地方来拍。

其次需要重视的是拍照的角度，如果是别人帮你拍照，想要显得高，那拍照人就一定要蹲着，如果想用手机拍出很好的感觉，横着拍会是不错的选择，但要注意背景的选择不要太过杂乱；自拍的话平行一点比较好看，而且不要把自己的脸卡在大屏幕上，这样很容易变形的，我会稍微往下一点拿相机，会留很大的位置，把头顶照到。

最后需要的当然就是一些修饰了，在拍照的时候，可以选择可爱的小动物，或者和一些花花草草合影，最终的修图当然也是一个必不可少的步骤了。

拍下好看的照片，记录下美丽的心情，旅行不在于走到哪里，而在于不辜负自己的青春，不辜负别人的期望。人应该为自己而活,趁年轻多看看外面的世界,充实地生活,努力地工作,不浪费一分钟时间。人应该为他人而活,照顾他人感受,给别人带来快乐和希望,感恩帮助过你的人们。这就是我要的青春,为爱自己的和我爱的去拼搏!

日常TALK ——懂得知足是人生的必修课

欲望,是一个很有争议的词语。有的人觉得欲望会把人带入危险的沟壑里,因为欲望会让人永不满足,永远在索取。但是也有人觉得欲望是前进的动力,如果一个人没有欲望,就像一条没有理想的咸鱼,一辈子只能浑浑噩噩地度过。

我爸从小就在给我上人生的哲理课,他告诉我说人有欲望并不可怕,可怕的是无法遏制自己的欲望,同时还没有能力去承担自己的欲望。所以,我从小就知道,适可而止的欲望是可以激励我前进的,但是我也会独自为了我心中的那点小欲望而努力,我不会让别人为我而买单。

对我的人生观、价值观影响最大的人应该是我爸爸,我爸爸一直是以"严父"的形象出现在我面前的,他给我的教育总是你想要,就自己去争取,不要指望不劳而获。我爸爸是一个凡事不求人,靠自己打拼出一片天的人,所以,我也总是和我身边的人，或者和网上的朋友说别人给的东西，握在手里，心里总是会不踏实，只有自己挣来的，拿在手里心里才安稳。

但是，如果我还有机会再选择一次人生，我也希望我可以走进大学，踏踏实实地上完大学。步入了社会才知道，压力有时候真的让人崩溃。我始终记得在我放弃读书那天，爸爸告诉我的那句话：从今以后，你会越来越孤独。当时我对他的话不以为然，在心里还有点小小的抵触，认为他是在以成年人的姿态，故意在我面前危言耸听。十几岁的年纪，看整个世界都是新奇和充满刺激感的，当时的我，就只是想要冲出校规、老师的管束，可以自由自在地去做我自己想要做、喜欢做的任何事情。但是，现在我体会到了，这种没有止境的孤独、压力、欲望，让我越陷越深。

但是，这就是一个成年人应该背负的责任，我现在也学着适当地慢下来，在该停下的时候就停下来。有的时候，我们一味地去追求，拢在怀里的东西越多，我们就越不知足，想要拥有的更多，但是这个世上的好东西是追求不完的，如果你陷进欲望的旋涡中，你就会不自觉地忽视掉很多东西。

在我上初中的时候，我很喜欢一个男生，觉得他就是我心中的百分百男神。他学习很好，我为了让他注意到我，居然报名去参加了奥数班，现在想想都觉得自己当时精神可嘉，然而他对我一直没什么感觉，追着追着没什么成效，我心思也就下去了。但是这就好像玩游戏似的，每当我要泄劲的时候，那个男生就好像知道要断网了似的，立刻重启路由器，我就又满血复活地追上去了。

后来在大学的时候，我见过他一次，我们自然而然聊到了初中时候的事情，说起他为什么没接受我对他的好，他跟我说："因为我如果和你在一起了，你可能在毕业之后，几年之后，很快就忘记我了，把我当成其他同学一样淡忘了，但是现在这样，我觉得你会记得我一辈子。"

他说得挺有道理，我们总是会因为没有得到某样东西而始终念念不忘，当你得到的时候，又会因为习以为常而丢到脑后。这个就是人的欲望心理在作怪，不论是校园里大长腿的白衬衣学长，还是工作以后大单大单的业绩，我们都拼命地想要拿到手，拿不到的时候，就觉得自己心里特别空虚，好像少了什么东西，但是当我们得到了我们想要的，很快我们又会有新的目标。

工作中，常听到有人一边奋笔疾书地回邮件，一边痛心疾首地抱怨："太累了，真的是太累了，真想歇一歇。"那就歇一歇好了，但是他们又不愿意停下来，在他们眼里，前方还有大额的订单没有敲定，还有大的投资人没有摆平，还有许多的事情在等着他们去处理，所以他们没办法停下来。

其实，要我说，这个地球缺了谁都照样转，工作少一个人也不会停滞不前，枷锁都是自己给自己套上的。我也经常会说自己很忙，没时间，但是我依然会用碎片般的闲暇时间去看书，旅行，陪伴家人，照顾我的小狗小猫们，和朋友一起出去喝喝茶，聊聊天，我觉得人生就是应该这样，我们冲过一个山峰，还有另一个山峰在等着我们,那我们不妨在这个过程中,沿途慢下来,欣赏一下山间的美景,让自己缓一缓。

　　我妈是一个特别淡雅的人,我从来没见她有过着急忙慌的时候,她总是没什么大的欲望,不会给自己特别大的压力,让自己每天都过得特别充实。我觉得我妈的这种状态挺好的,人总是有追求不完的欲望,但是却不可能想要的都得到,那不如换种心态,好好珍惜身边所拥有的。

后　　记

这本书写完了,将来的某一天,它会以精美的印刷品形式出现在你们面前,希望你们能够喜欢。我从来没想过有一天,自己的碎碎念会以这样一种方式呈现,我心里觉得特别感激,感谢出版社的老师对这本书付出的心血,感谢始终如一在我身边支持我鼓励我的你们,谢谢。

感谢我生命历程中的每一个人,无论是什么样的经历,无论是好的或者坏的记忆,无论是赞美或者讽刺,无论是恨或者爱,其实都是对自己经验的增长和自己的磨炼。想想那些怨恨过的人和事,其实都是给了自己新的启示和进步,想想不是吗?一句真诚的

265

对不起和谢谢！没有怨恨的世界，对每一个人都感谢。

最后还是想和你们聊一聊，真正的那个我，真实的那个我。很多人羡慕我年纪不大就有了自己的一份事业和稳定的经济来源，长相也还算可以，身边有朋友和家人的陪伴，不用为了如何得到更好的物质生活而烦恼。

的确，对于大部分人来讲，我是幸运的，我也从来不否认。很多朋友会和我讲，你看你多好多好，为什么你可以做成生意等这些话，我总是回答他们，一部分靠运气，靠机会，但大部分靠的还是自己的努力和勤奋。

如果你还是在读书的小孩子，或者是一个在社会中迷茫未来的年轻人，我对你最真诚的建议就是去选择你喜欢做的事情，只要是你喜欢的，今后你从事这份工作，也一定会从中得到最真实的快乐的。

因为当某一天，我们从校园里走出来，基本上我们的大多数时间都会花费在工作上，你的工作，如果你不喜欢，你不感兴趣的话，你就无法全身心地投入工作中去，那你是无法进步的。

去你喜欢的城市，买你喜欢的东西，看你喜欢的书，有一个陪你哭笑的闺蜜，或者陪你喝酒陪你侃大山的好哥们，有一个让你任性的男朋友，或者陪你疯陪你闹的女朋友，做你喜欢的工作，读对你有用的书。有的时候人生不需要太多顾虑，想做就做，才会有你想要的生活……千里之行，始于足下，永远不做一个拖延和犹豫的人！

不知道这本书的内容能够让你们明白些什么，不知道我的故事能不能给你们一些正能量或者改变你们对待生活的态度。

我只希望你们每一个都好，都能找到自己的方向。人的一生，只要做好一件事儿，就已经是很成功了。

我背负的很多，绝对要比你们想象的还要多，有的时候我也会忘记我最初的梦想，忘记我一开始努力的初衷，但是我看到我的团队，支持和爱着我的人们，他们的笑容和鼓励就足以让我忘掉艰辛，一路向前。

一路朝着梦想的方向前行，努力和成功总是成正比的。

当你迷茫了，失落了，记得我和你说过的这些，记得我和你一样，在努力的道路上继续前行，我们要彼此祝福。

最后，我在微博上征集问题的时候有一些这样的问题，在这里选择一些问题，回答一下，这样你们会更加了解到一个生活中真实的我。

问："在未来做你的朋友有可能吗？"

答："我在筹备线下活动，其实我有很多朋友都是从粉丝开始的，结果都变得特别好。"

问："月收入有多少？"

答："月收入没算过，年收入上千万，这个并不是我一个，很多都是，还有上亿的呢。"

问："你吃肉吗？喝水吗？"

答:"我还吃鼻屎呢。"

问:"评论看得过来吗?"

答:"绝对都会看的。"

问:"为什么明星都爱找网红呢?"

答:"为什么李易峰还不找我呢?"

问:"日常都会做什么?"

答:"我都是起来就工作,工作超多的。工作到全部没事儿,就拍拍视频、看看评论、看看书、吃饭、睡觉、拉屎、遛狗……"

问:"网红被黑的时候什么感受?"

答:"有一些被黑觉得无所谓,有一些就觉得可能是我的原因然后去解释,有一些无厘头的就会跟朋友骂一遍,哈哈哈,也不会太怎么样,生气肯定会有的,但都是闷气。"

问:"都会用团队操作微博吗?"

答:"不会,但是肯定会有帮忙监督的,也会有帮忙出主意的。"

问:"网红压力大吗?"

答:"很大。过气了咋办?"

问:"什么样的评论网红会回复?"

答:"感觉有意思的就回复了,还有就是骂人的,哈哈哈哈——是不是贱?但是我现在为了管住自己这个爱和人据理力争的毛病,我遇见故意找事儿的都直接拉黑!"

问:"整容了就能当网红吗?"

答:"哈哈,反正整容是第一步。"

问:"会找什么样的老公?"

答:"李易峰那样的。"

问:"如何起步成为网红?"

答:"整容算吗?"

问:"会不会记住哪个粉丝?"

答:"绝对会啊。"

问:"你是真的开心吗?"

答:"真的开心啊,我现实比视频里还疯呢!但是谈事儿的时候很认真!"

问:"网红要上厕所吗?"

答:"网红还憋尿呢。"

问:"你是真正的你吗?"

答:"我不是我妈。"

问:"网红都这么瘦吗?"

答:"你不知道PS吗?"

问:"网红推荐的东西可信吗?"

答:"说来话长,但是适合自己的才是最好的,没有一个东西是适合所有人的,要学会自己判断。"

问:"是不是网红都不拉屎跟天使一样?"

答:"拉完屎还回头看呢。"

特别感谢

感谢出版社的编辑老师对这本书付出的心血。

感谢华语天下文化发展有限公司的白丁老师对这本书提供的创意和支持。

感谢参与这本书制作和宣传的工作人员,你们真的辛苦了。

感谢我的父母和亲友始终对我的爱和包容。

感谢我的朋友和工作伙伴,你们是这个世界上最可爱的人。

感谢在这个世界上每一个角落的你们,你们的支持让我有了更多的勇气,我会做出更好的成绩,也希望我的这本书能够带给你们不一样的感受。

图书在版编目（CIP）数据

我只想活出自己喜欢的模样 / 张沫凡著 . — 北京：中国友谊出版公司，2017.3（2017.7重印）

ISBN 978-7-5057-3990-1

Ⅰ．①我… Ⅱ．①张… Ⅲ．①散文集－中国－当代 Ⅳ．① I267

中国版本图书馆 CIP 数据核字（2017）第 039073 号

书名	我只想活出自己喜欢的模样
作者	张沫凡
出版	中国友谊出版公司
发行	中国友谊出版公司
经销	新华书店
印刷	北京市雅迪彩色印刷有限公司
规格	880×1230 毫米　32 开　9 印张　200 千字
版次	2017 年 5 月第 1 版
印次	2017 年 7 月第 3 次印刷
书号	ISBN 978-7-5057-3990-1
定价	39.80 元
地址	北京市朝阳区西坝河南里 17 号楼
邮编	100028
电话	（010）64668676

如发现图书质量问题，可联系调换。质量投诉电话：010-82069336